DISCARD

UN PLAN IMPERFECTO

BRENDA JACKSON

HARLEQUIN™

Editado por HARLEQUIN IBÉRICA, S.A.
Núñez de Balboa, 56
28001 Madrid

© 2013 Brenda Streater Jackson
© 2014 Harlequin Ibérica, S.A.
Un plan imperfecto, n.º 1968 - 19.3.14
Título original: Stern
Publicada originalmente por Harlequin Enterprises, Ltd.

I.S.B.N.: 978-84-687-3975-5
Depósito legal: M-36248-2013
Editor responsable: Luis Pugni
Fotomecánica: M.T. Color & Diseño, S.L. Las Rozas (Madrid)
Impresión en Black print CPI (Barcelona)
Fecha impresion para Argentina: 15.9.14
Distribuidor exclusivo para España: LOGISTA
Distribuidor para México: CODIPLYRSA
Distribuidores para Argentina: interior, BERTRAN, S.A.C. Vélez
Sársfield, 1950. Cap. Fed./ Buenos Aires y Gran Buenos Aires,
VACCARO SÁNCHEZ y Cía, S.A.

Capítulo Uno

—Stern, ¿qué puede hacer una mujer para llamar la atención de un hombre?

Ante tan inesperada pregunta, Stern Westmoreland, que estaba mirando por el visor de su escopeta, giró la cabeza con tal brusquedad que estuvo a punto de perder la gorra.

JoJo también estaba mirando por el visor de su escopeta, y cuando sonó un disparo Stern soltó una palabrota.

—¡Maldita sea, lo has hecho a propósito para que perdiese la concentración!

Ella lo miró, con el ceño fruncido.

—No es verdad. Te lo he preguntado porque quiero saberlo. Además, no he acertado.

Stern puso los ojos en blanco. Daba igual que hubiese fallado; el día anterior había matado un enorme alce cuando él aún no había conseguido cazar nada, ni siquiera un coyote.

En días como aquel se preguntaba por qué invitaba a ir de caza a su amiga, que era mejor tiradora que él.

Levantando la escopeta, volvió a mirar por el visor. Sabía por qué la invitaba, porque le gustaba estar con ella. Cuando estaba con JoJo podía ser él mismo y no tenía que impresionar a nadie. Su cómoda relación era la razón por la que llevaban años siendo amigos.

—¿Y bien?

Stern bajo la escopeta para mirarla.

—¿Y bien qué?

—No me has respondido. ¿Qué debe hacer una mujer para gustarle a un hombre? Aparte de meterse en su cama, claro. No me interesan los revolcones de una noche.

Él soltó una risita.

—Me alegra saberlo.

—¿De qué te ríes? ¿Tú puedes acostarte con cualquiera y yo no?

Stern la miró, asombrado.

—¿Se puede saber qué te pasa? Tú nunca te pones dramática.

JoJo suspiró, frustrada.

—No me entiendes y antes me entendías siempre.

Sin decir nada más se dio la vuelta, dejándolo atónito.

¿Qué estaba pasando? JoJo nunca se enfadaba con él.

Como ya no estaba de humor para seguir cazando, Stern la siguió por el camino que llevaba a la cabaña de caza.

Después de darse una ducha rápida, Jovonnie Jones sacó una cerveza de la nevera y tomó un refrescante trago. Lo necesitaba, pensó mientras salía de la cocina para sentarse en el porche y disfrutar de la fabulosa vista de las montañas Rocosas.

Unos años antes, Stern había encontrado la cabaña, abandonada y deteriorada, en medio de cien acres del mejor terreno de caza del estado. Y en solo dos años, con la ayuda de sus hermanos y de sus primos, la había transformado en una belleza. Era un sitio perfecto para cazar porque había osos negros, ciervos, zorros y todo tipo de vida salvaje, pero sobre todo alces.

La cabaña había sido una buena inversión para Stern, que la alquilaba a otros cazadores cuando no estaba usándola. Era una estructura de dos plantas, con ocho dormitorios, cuatro baños y un porche que rodeaba la casa tanto en la primera como en la segunda planta. En la primera había una gran cocina con comedor, un salón con chimenea de piedra y ventanas del techo al suelo que ofrecían una maravillosa vista de las montañas Rocosas.

JoJo se dejó caer sobre una de las mecedoras de cedro, sintiéndose frustrada. ¿Por qué no podía Stern tomarla en serio y responder a su pregunta? Para algo era amiga de un hombre que conquistaba a todas las mujeres que quería. Si alguien podía darle un consejo, era él.

En el instituto, las chicas se hacían amigas suyas para conocerlo. Aunque no servía de mucho porque en cuanto Stern se daba cuenta les daba la espalda. Se negaba a dejar que nadie lo utilizase. Si esas chicas no querían ser amigas suyas de verdad, Stern no quería saber nada de ellas.

En realidad, las chicas del instituto, y muchas que había conocido después, preferían no salir con una mujer tan poco femenina.

JoJo prefería los vaqueros a los vestidos. Le gustaba cazar, practicaba karate, podía disparar una flecha y dar en el blanco con un ojo cerrado y sabía lo que había en el motor de un coche mejor que la mayoría de los hombres. Por supuesto, esto último se lo había enseñado su padre, el mejor mecánico de Denver.

Se le hizo un nudo en la garganta al pensar en él. Aún le resultaba difícil creer que hubiera muerto. Dos años antes, su padre había sufrido un infarto mientras hacía lo que más le gustaba: arreglar un motor. Su madre había muerto cuando JoJo tenía once años, de modo que el fallecimiento de su padre la había dejado huérfana, pero había heredado el taller mecánico y la oportunidad de meterse bajo el capó de un coche, que era lo que más le gustaba.

Después de licenciarse en Magisterio, como quería su padre, había obtenido un título en Ingeniería Técnica. Había disfrutado mucho siendo profesora en una universidad pública, pero lo que realmente le gustaba era dirigir y trabajar en el Golden Wrench, su taller mecánico.

–¿Ya me diriges la palabra?

Stern puso una bandeja de nachos con salsa picante en la mesa antes de sentarse.

—No sé si hablarte o no —respondió ella, tomando un nacho para mojarlo en la salsa—. Te he hecho una pregunta y no me has respondido.

Stern tomó un trago de cerveza.

—¿Me lo preguntabas en serio?

—Claro.

—Entonces, te pido disculpas. De verdad pensé que querías hacerme perder la concentración.

JoJo esbozó una sonrisa.

—¿Haría yo eso?

—Por supuesto.

—Bueno, es verdad —admitió ella, riendo—. Pero hoy no lo he hecho. Necesito información.

—¿Para llamar la atención de un hombre?

—Sí.

Stern se echó hacia delante, clavando en ella la mirada.

—¿Por qué?

JoJo tomó un trago de cerveza mientras miraba las montañas en aquel precioso día de septiembre.

—Hay un hombre que lleva su coche al taller. Es muy atractivo...

Él puso los ojos en blanco.

—Si tú lo dices... bueno, sigue. ¿Qué más?

—Eso es todo.

—¿Eso es todo?

—He decidido que me gusta y quiero salir con él. La cuestión es cómo puedo gustarle yo a él.

La cuestión para Stern era si ella había perdido la cabeza, pero no lo dijo. En lugar de eso, tomó otro trago de cerveza.

Conocía a JoJo mejor que nadie, y si estaba decidida a hacer algo, lo haría. Y si no la ayudaba él, buscaría ayuda en otra parte.

–¿Cómo se llama ese hombre?

–No hace falta que sepas eso. ¿Me dices tú el nombre de todas las chicas con las que sales?

–Eso es diferente.

–¿Por qué?

Stern no estaba seguro, pero sabía que era diferente.

–Para empezar, en lo que se refiere a los hombres tú no tienes ni idea. Además, que me hagas esa pregunta deja claro que no estás preparada para una relación seria.

JoJo soltó una carcajada.

–Por favor, que el año que viene cumpliré los treinta. La mayoría de las mujeres de mi edad ya están casadas y tienen hijos. Yo ni siquiera tengo novio.

–Yo cumpliré treinta y uno el año que viene y tampoco tengo novia. Bueno, no tengo novia fija –se corrigió Stern cuando JoJo enarcó una ceja–. Me gusta estar soltero.

–Pero tú sales con chicas todo el tiempo. Yo estoy empezando a pensar que los hombres de esta ciudad no saben que soy una mujer.

Stern la estudió, en silencio. Él nunca había tenido la menor duda de que era una mujer. Tenía unas pestañas larguísimas y unos ojos tan oscuros como la noche. Unos ojos que, en ese momento, estaban clavados en el bosque, a lo lejos, sus pies desnudos apoyados en el borde de la mecedora y los brazos alrededor de las rodillas. Esa postura destacaba los músculos de sus piernas y sus brazos…

JoJo trabajaba mucho en el taller, pero, además, iban juntos al gimnasio, de modo que estaba en forma.

Se había quitado la ropa de caza y llevaba un vaquero corto que dejaba al descubierto unas piernas preciosas, largas, interminables. Pero él era uno de los pocos hombres que las había visto.

JoJo abría el taller a las ocho de la mañana y lo cerraba después de las seis. A veces, se quedaba trabajando hasta la noche si la reparación era urgente. Y durante todo ese tiempo llevaba un mono de trabajo cubierto de grasa. Muchos hombres se quedarían sorprendidos si supieran lo que había bajo aquel mono.

—Tú escondes cosas —dijo por fin.

Ella lo miró, con el ceño fruncido.

—¿Qué escondo?

—Ese cuerpo tan bonito, por ejemplo. Nunca te quitas el mono de trabajo.

—Ah, vaya, perdóname por no llevar tacones de aguja y vestidos ajustados cuando cambio un carburador.

Stern sonrió mientras tomaba un trago de cerveza.

—¿Tacones de aguja? Tampoco habría que llegar tan lejos, pero…

—¿Pero qué?

—Conseguirías que los hombres se interesaran por ti si después de trabajar no llevaras siempre vaqueros y zapatillas de deporte. Eres una chica y a los hombres les gusta que las mujeres sean femeninas de vez en cuando.

JoJo estudió el contenido de su botella de cerveza.

—¿Crees que eso serviría de algo?

—Probablemente —Stern se levantó de la mecedora para apoyarse en la barandilla del porche—. Tengo una idea: lo que necesitas es un cambio de imagen.

—¿Un cambio de imagen?

—Deberías averiguar dónde suele ir ese hombre y aparecer con un vestido y un nuevo peinado…

—¿Qué le pasa a mi pelo?

Sinceramente, Stern no creía que a su pelo le pasara nada. Era largo, espeso y sano. Él lo sabía bien porque muchas veces la había ayudado a lavárselo cuando iban de caza. Le encantaba cuando se lo dejaba suelto, cayendo por debajo de sus hombros, pero últimamente siempre lo llevaba recogido.

—Tienes un pelo precioso, pero debes enseñarlo más. Siempre llevas esa gorra —Stern alargó una mano para quitársela, dejando que el lustroso pelo castaño le cayera por los hombros y la espalda—. ¿Lo ves? Es precioso, me encanta.

Y era cierto, pensó, sintiendo la tentación de acariciarlo…

¿De dónde había salido esa tentación? Era JoJo,

su mejor amiga. No debería pensar en lo sedoso que era su pelo.

—¿Crees que un cambio de imagen sería la solución? —le preguntó ella.

—Sí, pero, como he dicho, después del cambio de imagen tendrás que aparecer en algún sitio al que él suela acudir… con otro hombre. Cuando quieras hacerlo, yo estoy disponible.

JoJo lo miró a los ojos.

—No sé si eso funcionará. Si voy con otro, él no me hará caso.

—La gente de por aquí sabe que solo somos amigos.

—Pero él es nuevo en la ciudad y tal vez no lo sepa.

Stern lo pensó un momento.

—Sí, tienes razón. Yo no me acercaría a una mujer si la viera con otro hombre. Pero tú quieres que él te acepte por lo que eres, la mujer que trabaja en un taller mecánico de día y se arregla por la noche, ¿no?

—Eso es.

—Entonces, sugiero que te vea con otro hombre. Así se dará cuenta de que otros te admiran. Cuando te haya visto, te llamará para pedirte una cita. Y cuando te vea con el mono de trabajo, intentará imaginar lo que llevas debajo…

Stern se aclaró la garganta. Por alguna razón, pensar que los hombres mirasen a JoJo de esa manera le molestaba. De repente, el cambio de imagen ya no le parecía tan buena idea.

–¡Es una idea maravillosa! –exclamó ella–. Primero debo averiguar dónde suele ir él y luego encontraré a alguien que me ponga guapa.

–Ya eres guapa, JoJo.

Ella le dio una palmadita en la mano.

–Tú eres mi mejor amigo así que tu opinión no cuenta. Me pondré en contacto con tu prima Megan para que me dé el nombre de un buen estilista y luego iré de compras. ¡Qué contenta estoy!

Stern tomó otro trago de cerveza.

–Ya veo.

¿Por qué su interés por un hombre le molestaba tanto? La única razón que se le ocurría era que se trataba de su mejor amiga y no quería perder ese lazo tan especial. ¿Y si a aquel tipo le parecía raro que un hombre y una mujer fuesen tan buenos amigos? ¿Y si intentaba apartarla de él?

Se le encogió el estomago al pensar que pudiera perder su amistad después de tantos años. Muchos hombres rechazarían que su novia tuviera ese tipo de relación con otro hombre… ¿y si el tipo pensaba lo mismo?

–¿Cómo se llama?

JoJo sonrió.

–No necesitas saber su nombre. Además, lo descubrirás cuando ponga mi plan en acción.

Stern tomó un nuevo trago de cerveza. Estaba deseando resolver el misterio.

***

Esa noche, JoJo miraba el techo desde la cama. Las cosas iban mejor de lo que había esperado. En primavera, al darse cuenta de que empezaba a sentir algo por Stern se había quedado horrorizada. ¿Cómo podía una mujer enamorarse de su mejor amigo? Y de repente, además.

En su última estancia en la cabaña, en el mes de abril, había bajado a la cocina una mañana, dispuesta a disfrutar de otro estupendo día de caza, y se encontró a Stern en pijama... con una parte del pijama: solo llevaba el pantalón. Y en ese momento, lo había visto como un hombre muy sexy, capaz de calentar la sangre de cualquier mujer, no como a su mejor amigo. Desde luego, había calentado la suya, porque no había podido dejar de mirar sus anchos hombros, su impresionante torso y perfectos abdominales. Y una vez que empezó a verlo como un hombre sexy, no podía verlo de otro modo. Al final del día, estaba hecha un lío.

Pero era algo más que una simple atracción sexual. Al final de aquel viaje se había visto obligada a reconocer que estaba enamorada de él. Tal vez siempre lo había amado sin saberlo y, desde ese momento, su corazón quería que admitiese lo que había negado durante años.

Tenía que hacer algo o se arriesgaría a perder a su amigo para siempre. Ella se había enamorado, pero Stern, uno de los solteros más cotizados de Denver, no estaba enamorado de ella.

Dos meses antes, después de leer una novela romántica que una clienta se había dejado en el ta-

13

ller, se le ocurrió una idea: encontraría otro hombre del que enamorarse, alguien que ocupase el lugar que Stern ocupaba en su corazón.

Se había sentido inspirada por la protagonista de la novela, que también amaba a un hombre que no la correspondía. Para olvidar a ese hombre, la heroína empezaba a salir con su vecino y, por fin, se enamoraba de él. Al final de la novela, la pareja se casaba y vivía feliz para siempre.

Bueno, sí, era pura ficción, pero la idea era buena.

Ese día, había decidido convertirse en la dueña de su destino y crear su propia felicidad, pero para eso tenía que encontrar a alguien interesante. Llevaba dos meses esperando, y cuando empezaba a pensar que no encontraría a ningún otro hombre que la interesara, en el taller apareció Walter Carmichael, que necesitaba bujías nuevas para el Porsche.

Algo en él le llamó la atención, pero enseguida se negó a sí misma que su atractivo y su impecable estilo le recordasen a Stern.

En realidad, Walter lo tenía todo. Pero también ella debía tenerlo todo, y la persona más indicada para ayudarla era su mejor amigo, el hombre al que intentaba no amar.

Capítulo Dos

Stern levantó la mirada al escuchar un golpecito en la puerta del despacho.

–Entra.

Era Dillon, su hermano mayor y presidente de la empresa Blue Ridge Land Management, una firma que había pertenecido a la familia más de cuarenta años. Dillon era el jefe; su hermano Riley, el siguiente en la cadena de mando; y Stern y Canyon, los abogados de la empresa. Su primo Adrian empezaría a trabajar allí en unos meses como ingeniero de proyectos.

Dillon entró en el despacho y cerró la puerta tras él. Stern había visto esa expresión otras veces, y normalmente significaba que había problemas.

–¿Alguna razón para tu mal humor? –le preguntó su hermano–. He oído que JoJo ha cazado más que tú, pero, por favor, dime que no es eso lo que te tiene tan enfadado: JoJo no solo lo sabe todo sobre coches, además, es una cazadora experta, cinturón negro de karate y campeona de tiro con arco. Lleva años dejándote en la sombra.

Stern tiró un clip encima de la mesa.

–Conozco muy bien las habilidades de JoJo y esa no es la razón de mi enfado.

—¿Entonces?

—Mientras estábamos de caza, me contó que tiene un objetivo… y no es un alce sino un hombre.

—¿Perdona?

—Lo que he dicho. Así que tal vez sea un mal perdedor. JoJo ha sido mi mejor amiga muchos años y no quiero perderla.

Dillon se sentó frente al escritorio y estiró las piernas.

—Creo que deberías empezar por el principio.

Y eso hizo Stern. Su hermano escuchó atentamente y, cuando terminó, comentó:

—Creo que te estás dejando llevar. JoJo es y ha sido siempre tu mejor amiga. No creo que haya un hombre en la tierra que pueda interponerse entre vosotros. Además, dice mucho que te haya pedido consejo precisamente a ti. Eso indica que confía en tu buen juicio. Y en cuanto a tu mal humor, ya conoces las reglas: nadie puede traer problemas personales a la oficina. Canyon acaba de regresar de su luna de miel y está de buen humor, aunque en su caso es comprensible. Y, sin embargo, tú te has lanzado a su yugular cada vez que aportaba alguna idea en la reunión. Les debes a todos, y especialmente a Canyon, una disculpa, y espero que lo hagas.

Su hermano se dirigió a la puerta, pero Stern lo detuvo antes de que saliera.

—Gracias por leerme la cartilla. Siento haberme portado así.

Dillon asintió con la cabeza.

16

—Acepto la disculpa, pero que no vuelva a pasar —le dijo, antes de salir del despacho.

Stern se pasó una mano por la cara. No le gustaba discutir con Dillon. Cuando sus padres y sus tíos murieron en un accidente de avión veinte años antes, Dillon y Ramsey habían tenido que hacerse cargo de la familia. Y no fue nada fácil, porque varios de ellos eran menores de edad.

Habían hecho muchos sacrificios para sacar a la familia adelante, hasta pelearse con los servicios sociales de Colorado, que querían llevarlos a una casa de acogida. Esa era la razón por la que merecían su admiración y respeto. Y hasta el presente, Dillon seguía haciendo todo lo posible para mantener unida a la familia.

Había quince Westmoreland en Denver. Sus padres habían tenido siete hijos: Dillon, Micah, Jason, Riley, Canyon, Brisbane y él. El tío Adam y la tía Clarisse habían tenido ocho hijos; cinco chicos: Ramsey, Zane, Derringer y los mellizos Aiden y Adrian; y tres chicas: Megan, Gemma y Bailey.

En los últimos años, todos los Westmoreland se habían casado salvo los mellizos, Bailey, Banc y él. En junio, Megan se había casado con Rico, un investigador privado. Canyon se había casado con Keisha Ashford, la madre de su hijo, hacía solo un mes; y Riley y su prometida, Alpha, se casarían a finales de mes. Seguía siendo una sorpresa para todos que su primo Zane, que una vez había jurado ser soltero toda la vida, fuera a casarse con su prometida, Channing, en Navidad.

Stern tiró otro clip sobre la mesa antes de tomar el teléfono para marcar la extensión de Canyon.

—¿Sí?

—Llamo para disculparme por actuar como un idiota en la reunión.

—Hacía años que no discutíamos. ¿Qué te pasa? Me voy de luna de miel y cuando vuelvo, no eres tú. ¿Qué ha pasado mientras estabas de caza con JoJo?

En lugar de responder, Stern dijo:

—Vamos a comer juntos. Llamaré a Riley para que venga también. Invito yo.

—¿Y Dillon?

—No hace falta. Dillon acaba de irse echando humo por las orejas, así que ya me ha puesto en mi sitio.

Canyon lanzó un silbido.

—Me alegro de que hayas sido tú y no yo.

—JoJo, necesitamos neumáticos para un BMW y no creo que los tengamos en el almacén.

JoJo levantó la mirada del ordenador y sonrió al hombre que acababa de asomar la cabeza en su despacho. Willie Beeker llevaba cuarenta años trabajando en el taller, primero para su padre y luego para ella. Estaba a punto de retirarse cuando su padre murió y se había quedado esos dos últimos años para ayudarla. Aunque había enseñado a varios mecánicos, ninguno podría ocupar su sitio.

–Ningún problema –le dijo–. Voy a buscarlos ahora mismo.

Beeker entró en la oficina.

–Esta mañana estábamos hasta arriba de trabajo y no he podido preguntarte qué tal el fin de semana.

JoJo se echó hacia atrás en la silla, sonriendo.

–Cacé un alce el tercer día.

–Me alegro mucho. Stern no se habrá enfadado, ¿verdad?

JoJo soltó una risita.

–Un poquito, pero se le pasará.

El último día habían dejado las escopetas para jugar a las cartas y Stern había ganado todas las partidas... salvo una. JoJo tenía la impresión de que lo había hecho por pena.

Tras la conversación sobre el cambio de imagen, él no había querido volver a hablar del asunto, y eso le hizo pensar que no le gustaba la idea, pero había prometido ayudarla y no podía pedirle nada más.

–¿Han traído el Porsche 2010 mientras estaba fuera?

Beeker enarcó una ceja.

–No, ¿por qué?

–Por curiosidad. Es un bonito coche.

–¿Seguro que eso es lo único que te gusta?

–Sí, claro.

Desde la muerte de su padre, Beeker se había convertido en su figura paterna, y ella no quería preocuparlo innecesariamente.

–¿Crees que algún día sentará la cabeza?

Ella enarcó una ceja.

–¿Quién?

–Stern.

JoJo frunció el ceño. ¿Por qué de repente aparecía Stern en la conversación?

–No lo sé. ¿Por qué lo preguntas?

Beeker se encogió de hombros.

–Ha habido muchas bodas en su familia últimamente. Su prima Megan en junio, Canyon el mes pasado, Riley después… y Zane se casará antes de que acabe el año. Los Westmoreland solteros están cayendo como moscas.

–Stern sale con muchas chicas, pero con ninguna en exclusiva.

Beeker rio.

–En realidad, solo sale contigo en exclusiva –murmuró, mirando su reloj–. Bueno, cuando localices esos neumáticos dímelo y enviaré a alguien a buscarlos.

–Muy bien.

JoJo tardó menos de media hora en hacer unas llamadas, encontrar los neumáticos y enviar a un empleado a buscarlos. Solo entonces se permitió pensar en lo que Beeker había dicho de Stern. En aquel momento no salía en serio con ninguna chica, pero eso no significaba que no fuese a hacerlo algún día. Después de todo, como Beeker había dicho, últimamente en la familia Westmoreland había muchas bodas y compromisos.

Canyon se había enamorado de Keisha Ashord

tres años antes, de modo que su decisión de casarse no había pillado a nadie por sorpresa. Pero sí le había sorprendido que Megan se casara con Rico Claiborne tras un romance vertiginoso. Y la decisión de Riley y Zane de casarse también era una gran noticia.

¿Algo así podría pasarle a Stern? ¿Y si empezaba a salir en serio con alguna chica y esta lo convencía para que rompiese su amistad con ella? Por el momento nunca había pasado, seguramente porque ninguna de las chicas con las que salía la veía como una amenaza.

Stern sería un buen partido para cualquiera. Además de guapo y rico, era divertido, amable y considerado. Y no pensaba eso porque fuera su mejor amigo. Stern salía con muchas chicas, pero nunca había engañado a ninguna haciéndole creer que podía haber algo serio entre ellos. Siempre dejaba claro que no tenía intención de casarse hasta que cumpliese los treinta y cinco, de modo que aún quedaban casi cinco años... si antes no aparecía alguna que lo enamorase. Nunca le había preocupado eso, pero últimamente la familia Westmoreland era más vulnerable al amor.

JoJo sacudió la cabeza. ¿Vulnerable? No Riley ni Zane; los conocía bien y tendrían que enamorarse como locos para casarse...

Y, como Stern nunca hacía las cosas a medias, algún día conocería a una mujer y se enamoraría locamente. Y cuando eso ocurriera, ¿qué haría ella? JoJo conocía la respuesta a esa pregunta.

Se quedaría sola.

Y eso significaba que tenía que poner en marcha su plan. Era imperativo que hubiese alguien especial en su vida antes de que Stern conociese a una mujer que lo hiciera sentar la cabeza.

Salir con Walter Carmichael era más importante que nunca, pensó, mientras se levantaba de la silla para estirar el cuello. En unos días sabría dónde solía ir y pondría en marcha su plan. Wanda, la recepcionista, estaba haciendo pesquisas, y si alguien podía conseguir información era ella.

Como Beeker, Wanda era una empleada de confianza que llevaba muchos años trabajando en el taller, desde que ella estaba en el instituto. Había sido Wanda quien le había explicado por qué era tan importante para su padre que tomase clases de etiqueta y ballet, aunque ella prefiriera estar bajo el capó de un coche. Pero su padre y ella habían llegado a un acuerdo: la dejaría ir de caza con él y tomar clases de karate y tiro con arco si aprendía a portarse como «una señorita».

Nunca había tenido gran interés por los chicos, tal vez porque los chicos la buscaban a ella y no al revés. Y no por su aspecto sino porque, gracias a su padre, siempre había tenido unos coches que eran la envidia de todo el instituto.

Igual que Stern conocía los motivos de las chicas para hacerse amigas suyas, ella conocía los motivos de los chicos. Otra razón por la que su amistad con Stern significaba tanto para ella.

Pero fuera en unos meses o en un año, algún

día Stern se vería obligado a romper su amistad con ella. Y lo último que quería era que se sintiera culpable.

Y luego estaba el otro problema: su recién descubierto amor por él. Más de una vez, mientras jugaban a las cartas, se había encontrado mirándolo como una boba. ¿Por qué era tan sexy ese lunar en su labio superior? ¿Y desde cuándo tenía esas pestañas tan largas?

Por si esas especulaciones no fueran lo bastante preocupantes, cuando la dejó en casa, dándole un beso en la mejilla como hacía siempre, el corazón le había empezado a latir como una ametralladora. Sí, estaba loca por él, y la única manera de olvidarlo era concentrar su atención en otro hombre.

Pero el recuerdo de Stern cantando en la ducha, silbando mientras hacía el desayuno o canturreando por la noche, mientras jugaban a las cartas, estaba grabado en su cerebro.

Iba tan perdida en sus pensamientos que al doblar una esquina chocó contra el sólido torso de un hombre.

—Oye, ¿vas a apagar algún fuego? —le preguntó Stern, sujetándola por la cintura.

Al ver que se ruborizaba, no pudo dejar de preguntarse en qué estaría pensando. Tenía la impresión de que no era en el trabajo.

—¿Qué haces aquí? —le preguntó JoJo, sin aliento.

Él enarcó una ceja.

—¿Alguna razón por la que no deba estar aquí?

—No, ninguna. Pero es lunes y volvimos ayer.

—He quedado con Riley y Canyon para comer en McKays y, como el taller está al lado del restaurante, he decidido venir a verte.

—Ah.

¿Por qué parecía decepcionada? ¿Le habría gustado que fuera ese otro tipo… como se llamase? La idea no le gustó nada.

—No pareces muy contenta de verme.

—No seas tonto. Siempre me alegro de verte.

Stern se quedó callado un momento. ¿Estaba siendo tonto? ¿El pensamiento que le había mantenido despierto toda la noche, y que le había hecho ladrar a sus hermanos en la reunión, sería una tontería? ¿Su hermano le había echado una bronca esa mañana por nada?

—¿Qué planes tienes para esta tarde?

—Ninguno. Aún no he deshecho la maleta y seguramente tendré que hacer la colada. ¿Por qué?

—No, por nada.

—¿Cuántos coches tienes que arreglar hoy?

—Por el momento solo tengo cinco, pero ya sabes cómo puede terminar eso un lunes.

Sí, Stern lo sabía porque JoJo y él solían hacer trabajillos en el taller cuando estaban en el instituto. Él lo pasaba en grande aprendiendo de su padre, Beeker y los demás empleados, o riéndose con las bromas de Wanda. La muerte del padre de JoJo le había dolido mucho. Joseph Jones había sido un hombre al que admiraba y respetaba y que siempre le había tratado como a un hijo.

–¿Quieres que vayamos al cine mañana?

Cuando JoJo le miró, Stern se preguntó por qué de repente sus ojos le parecían hipnotizadores.

Iban al cine a menudo y jamás lo había considerado una cita. ¿Entonces, por qué le parecía que aquella invitación era diferente?

–¿Qué película ponen? –le preguntó ella, mirándolo con recelo–. Las últimas veces hemos visto las que tus novias no querían ver, de modo que debe ser una de vísceras.

Stern soltó una carcajada. Lo conocía demasiado bien.

–Es una película de acción, Riley dice que es muy buena.

–¿Y la razón por la que no tienes una chica con la que ir al cine?

–No quiero ir con nadie más. Aún tenemos que hablar.

–¿De qué?

–De eso que me pediste en la cabaña.

JoJo miró su reloj.

–Si no recuerdo mal, tú no querías hablar de ello.

Tenía razón. Cuanto más pensaba en el cambio de imagen, menos le gustaba la idea. Si a ese hombre solo le importaba la apariencia, no conocería a la JoJo que él conocía tan bien, la que tenía un corazón de oro, la que siempre estaba dispuesta a ayudar a los demás.

Pensar en ese tipo le ponía furioso y decidió

que lo mejor sería vigilarla para que no se metiera en ningún lío o una situación que no pudiera manejar.

—Pero ahora sí quiero hablar de ello y estoy pensando que un cambio de imagen no serviría de nada.

—¿Por qué? —preguntó ella, torciendo el gesto.

Stern se metió las manos en los bolsillos del pantalón.

—Tu hombre misterioso no conocerá a la auténtica JoJo.

JoJo puso los ojos en blanco.

—Me conocerá tarde o temprano, pero antes tengo que hacer que se fije en mí. Dijiste que me ayudarías, así que no intentes echarte atrás ahora.

—No me estoy echando atrás. Es que no quiero que te hagan daño.

—¿Hacerme daño? —repitió ella, mirando alrededor para comprobar que nadie escuchaba la conversación—. ¿Estás diciendo que el cambio de imagen no va a servir de nada? ¿Tan horrible soy?

—No es eso...

—Pues deja que te diga una cosa, Stern: he visto mujeres y hombres feísimos que se volvían guapos con un cambio de imagen. No hay razón para creer que no vaya a hacer maravillas en mí también.

—No estaba insinuando eso, JoJo.

—Da igual. Te lo demostraré —dijo ella, dirigiéndose hacia un coche con el capó levantado.

Stern se pasó una mano por la cara, frustrado.

¿Qué estaba pasando? JoJo y él nunca discutían y, de repente, no parecían capaces de mantener una simple conversación.

En realidad, sabía que el cambio de imagen la ayudaría, y eso era lo que le preocupaba. Los hombres se acercarían a ella solo por su aspecto.

La miró mientras se inclinaba sobre el motor del coche y no pudo dejar de fijarse en cómo el mono se le apretaba contra el trasero, su perfecto trasero. Maldita fuera, ¿por qué estaba mirando el trasero de JoJo?

Stern dejó escapar un suspiro de frustración.

—Te llamaré más tarde.

—Como quieras —murmuró ella, sin molestarse en levantar la cabeza.

Stern se marchó, pensando que había empeorado la situación sin querer.

Capítulo Tres

—Aquí está la información que querías sobre ese tal Carmichael.

JoJo miró a Wanda, la recepcionista del taller, y tomó la tarjeta que había dejado en el escritorio.

—¿Vive en Cherry Hills Village?

Una de las zonas más exclusivas de Denver.

—¿Te sorprende? Mira cómo viste y el coche que conduce.

JoJo asintió con la cabeza.

—Tiene treinta y un años, como Stern. Y, según tus pesquisas, no mantiene ninguna relación seria en este momento.

—También como Stern.

JoJo miró a Wanda, que intentaba disimular una sonrisa.

—Pues sí, como Stern.

—Ahora que lo pienso, hay muchas cosas en ese Carmichael que recuerdan a Stern. ¿Hay alguna razón?

Wanda era demasiado lista.

—¿Tú qué crees?

—¿De verdad quieres que te diga lo que creo, Jovonnie?

JoJo se aclaró la garganta. Cada vez que Wanda

la llamaba por su nombre completo, era hora de «decir lo que pensaba». Y no le apetecía nada escucharlo.

—¿No tienes que atender al teléfono?

—No te pongas en plan jefa, jovencita. Es mi hora del almuerzo y tengo derecho a descansar un rato.

—Pero yo estoy trabajando. Si no te importa…

—Sí me importa —la interrumpió Wanda, apoyando la cadera en el escritorio—. Y la razón por la que me importa es porque creo que estás cometiendo un error.

Sabiendo que no podría seguir trabajando hasta que la recepcionista dijera lo que tenía que decir, JoJo tiró el bolígrafo sobre la mesa y se arrellanó en el sillón.

—Muy bien, di lo que sea.

Wanda se había casado dos veces. Enviudó de su primer marido a los veintiocho años y, según ella, su segundo matrimonio fue un error porque había intentado reemplazar a un hombre irreemplazable…

—Te has enamorado de Stern —anunció la recepcionista, mirándola a los ojos.

JoJo se alegró de estar sentada; se habría caído al suelo. Estaba completamente segura de haber disimulado bien sus sentimientos… ¿cómo era posible que Wanda lo hubiera descubierto? Aunque su padre solía decir que tenía un sexto sentido para las cosas que no eran asunto suyo.

—Admítelo —insistió Wanda.

JoJo tomó el bolígrafo que había tirado sobre la mesa y fingió anotar algo en un documento.

–No voy a admitir nada, no digas bobadas.

–No son bobadas. Tú sabes que soy muy observadora, y deberías saber que nunca se me escapa nada.

–¿Y qué crees que no se te ha escapado?

Wanda esbozó una sonrisa.

–Cómo miras a Stern cuando crees que él no se da cuenta. Cómo sonríes cuando aparece en el taller o te llama por teléfono. Lo emocionada que estabas por ir de caza con él… era como si llevaras dos años sin verlo.

–Esas son pruebas circunstanciales.

–Sí, pero de pronto decides hacer averiguaciones sobre un tipo que podría ser un clon de Stern. Para mí, esa es una señal bien clara.

JoJo se mordió los labios.

–Haces que parezca un poco patética.

Wanda negó con la cabeza.

–Nada de patética, solo confundida.

JoJo se levantó para acercarse a la ventana. Hacía un día precioso, pero solo había que mirar las montañas cubiertas de nieve para saber que el invierno llegaría temprano. Y sería muy frío, además.

Se volvió y, como esperaba, encontró a Wanda apoyada en su escritorio, de brazos cruzados.

–Digamos que tu teoría es cierta. No digo que lo sea, solo es hablar por hablar. ¿Qué hay de malo en buscar algo seguro en lugar de seguir colgada de una causa perdida?

–¿Por qué crees que Stern es una causa perdida?

JoJo lo pensó un momento antes de responder:

–Solo es una causa perdida en lo que se refiere a mí. Lo conozco, es mi mejor amigo y solo puede ser eso. No tiene sentido perder el tiempo queriendo algo más, y tengo un plan que podría funcionar.

–¿Walter Carmichael?

–Así es. Walter Carmichael es justo lo que necesito.

Para alejarse de Stern.

–¿Y si no saliera bien?

JoJo sonrió.

–Saldrá bien. He aprendido del mejor.

Wanda la miró en silencio unos segundos.

–Por favor, dime que no piensas hacer lo que creo que vas a hacer.

–Muy bien, no te lo diré.

–No saldrá bien, cariño. Cuando un hombre te ha robado el corazón, no se puede reemplazar por otro. Te lo digo por experiencia.

JoJo vio a Wanda salir del despacho, en silencio. Un día tenía que preguntarle qué había pasado con su segundo marido. ¿Por qué había sido tan difícil enamorarse de un hombre bueno?

Estaba segura de que no sería tan difícil para ella trasladar su afecto de Stern a Walter. Después de todo, ella no había estado casada con Stern y enamorarse de otro hombre no podía ser tan difícil.

En cierto modo, estaba deseando ir al Punch Bowl el sábado. Por lo que Wanda acababa de decirle, allí era donde Walter solía ir los fines de semana. El Punch Bowl tenía música en directo y era un buen sitio para bailar y conocer gente.

Y eso era lo que ella iba a hacer.

–Esto debe ser serio –Zane Westmoreland abrió la puerta de su casa y Stern entró sin esperar invitación.

–¿Por qué dices eso?

Su primo se encogió de hombros.

–No recuerdo la última vez que viniste a visitarme.

–Porque tenías una invitada y no quería molestar, pero me han dicho que ya se ha ido –Stern hablaba de la mujer con la que Zane iba a casarse, algo que aún seguía sorprendiéndolo.

–Channing ha tenido que volver a Atlanta, pero se instalará aquí el mes que viene.

–¿Crees que aguantarás hasta entonces?

Zane esbozó una sonrisa.

–No lo sé. Volverá para la boda de Riley, pasaremos el día de Acción de Gracias con sus padres y nos casaremos el día de Navidad.

–Parece que lo tenéis todo bien planeado –dijo Stern, dejándose caer en el sofá.

–Así es. Bueno, ¿qué te trae por aquí?

Zane, que era seis años mayor que él, tenía fama de conocer bien a las mujeres. Antes de comprometerse con Channing había sido un experto en el tema, y ese conocimiento no se habría disipado con el compromiso.

–JoJo.

Su primo enarcó una ceja.

–¿Qué pasa con JoJo?

Stern dejó escapar un largo suspiro.

–Me ha pedido un favor.

–¿Qué clase de favor?

–Quería saber cómo llamar la atención de un hombre. Por lo visto, hay un tipo que le gusta y quiere que le diga qué debe hacer para estimular su interés.

Zane asintió con la cabeza.

–Ah, ya veo.

Stern frunció el ceño.

–Pues yo no.

–No, claro, es normal.

–¿Qué quieres decir con eso?

Zane esbozó una sonrisa.

–Significa que JoJo es tu mejor amiga y para ti es importante.

–Pues claro que es importante. ¿Pero por qué tiene que hacer un esfuerzo para gustarle a un hombre? Si es tonto y no le gusta JoJo, ¿por qué quiere ella presionarlo?

–Porque quiere gustarle. No hay nada malo en eso.

A Stern le parecía que sí había algo de malo en eso.

–Bueno, ¿y qué le has dicho? –preguntó Zane.

–Al principio no la tomé en serio y se enfadó, así que le aconsejé que se pusiera vestidos. JoJo tiene unas piernas preciosas y debería enseñarlas más a menudo. También le dije que se dejara el pelo suelto… tiene un pelo muy bonito, largo y sedoso.

Su primo asintió con la cabeza.

–¿Alguna cosa más?

–Le dije que, después del cambio de imagen, debería averiguar dónde solía ir ese tipo, aparecer allí e impresionarlo con una nueva JoJo. Y que si decidía hacerlo, yo iría con ella.

–¿Por qué?

Stern frunció el ceño, desconcertado.

–¿Cómo que por qué?

–¿Por qué crees que debes acompañarla?

–Porque no conozco a ese tipo –respondió él, a la defensiva–. JoJo no quiere decirme su nombre ni contarme nada de él, aparte de que lleva su coche al taller.

–Eso es todo lo que necesitas saber. De hecho, más de lo que deberías saber. JoJo es una adulta y sabe cuidar de sí misma.

–Eso depende. El tipo podría ser un canalla.

–Estamos hablando de JoJo, Stern. La mujer que donde pone el ojo pone la bala, la misma mujer que es cinturón negro de karate. Los dos sabemos que puede cuidar de sí misma, de modo que debe ser otra cosa lo que te preocupa. ¿Qué es?

Stern miró el suelo.

–Nada –murmuró.

–No has venido aquí para verme la cara, así que

tiene que ser algo. Venga, cuéntamelo. Solo podré ayudarte si lo haces.

Él se quedó un momento pensativo.

—Es que tengo miedo —dijo por fin.

—¿Miedo de qué?

—De perder a mi mejor amiga. ¿Y si empieza a salir en serio con ese tipo y él no quiere que sigamos siendo tan amigos? Tú mismo has dicho muchas veces que no te gustaría que una novia tuya tuviese la relación que tenemos JoJo y yo.

—No vas a perderla —dijo Zane.

—No puedo estar seguro de eso y no quiero arriesgarme.

—Pues tendrás que confiar en su buen juicio.

—Confío en el de ella, pero no en el de ese extraño.

Zane puso los ojos en blanco.

—Pero si no lo conoces.

—Por eso. Tengo que averiguar quién es.

—Creo que te estás equivocando.

—Pues yo no —dijo Stern, levantándose—. Adiós, Zane. Me has ayudado mucho.

—Sugiero que examines tus sentimientos por JoJo —insistió su primo. Pero Stern ya había salido dando un portazo.

Al día siguiente, JoJo salió al porche de su casa y respiró profundamente para llenarse los pulmones de aire fresco. Se había hecho una coleta antes de ponerse una gorra de los Broncos, su equipo de fútbol favorito, pero en lugar del atuendo habitual, vaqueros y camiseta, llevaba una blusa azul, un pantalón de pana negro y un cárdigan porque las noches empezaban a ser frías.

Se volvió al escuchar un ruido y, al ver al hombre que subía los escalones del porche, el corazón se le aceleró. Era Stern, con vaqueros, camisa azul y sombrero Stetson.

«Es demasiado guapo».

—Llegas muy puntual —le dijo, mirando el reloj.

—¿No lo hago siempre? —bromeó Stern, mirando alrededor—. ¿Esperas en el porche a todas tus citas?

JoJo se ajustó la gorra.

—Esto no es una cita. Vamos, la película empieza en veinte minutos.

—¿Por qué tanta prisa? No hay mucho tráfico.

—No quiero perderme el principio.

Cuando estaba con Stern se sentía feliz, pero estaba segura de que se le pasaría en cuanto conociese a Walter un poco mejor. Y hablando de Walter...

—Voy a hacerme el cambio de imagen este fin de semana —le dijo en cuanto subió al coche.

Stern la miró mientras se abrochaba el cinturón de seguridad.

—¿Por qué?

JoJo esbozó una sonrisa.

—He descubierto dónde suele ir los fines de semana.

—¿Dónde suele ir?

—Te lo diré si prometes no aparecer por allí.

—No voy a hacer ninguna promesa.

Ella puso los ojos en blanco.

—¿Por qué te pones así? ¿Aparezco yo en algún sitio si sé que vas a llevar a una chica?

—No, pero yo no te he pedido consejo para atraer a nadie —respondió Stern, mientras arrancaba—. Además, solo quiero comprobar que se muestra respetuoso contigo.

—Sé cuidar de mí misma. Si consigo llamar su atención, charlaremos un rato, escucharemos un poco de música, bailaremos… no creo que sea tan difícil saber si está interesado.

—Pero estará interesado solo por tu aspecto.

—Puedo soportarlo, no te preocupes.

—Entonces ¿de verdad vas a hacerlo?

—Pensé que lo había dejado claro —dijo JoJo.

Y no entendía por qué actuaba como si fuera su hermano mayor.

Un par de horas después, Stern no parecía estar de buen humor. La película era buena, pero cada vez que lo miraba tenía el ceño fruncido.

—Se te va a quedar una marca entre las cejas si sigues así —bromeó JoJo mientras salían del cine.

—Muy graciosa.

—Venir al cine ha sido idea tuya, pero no parece que lo hayas pasado bien.

—Me ha gustado la película… y tu compañía.

JoJo no estaba convencida.

—Es temprano —le dijo, mirando el reloj—. ¿Quieres que vayamos a tomar un café a McKays?

–Muy bien.

Al menos no tenía prisa por irse a casa, pensó ella.

–Le he preguntado a Megan por su estilista y me ha dicho que llame a Pam porque el suyo es mejor. Espero que ella pueda recomendarme a alguien para el cambio de imagen, porque siempre está guapísima. De hecho, todas tus cuñadas son muy guapas.

Pam, que estaba casada con Dillon, el mayor de los Westmoreland, había sido actriz, pero lo había dejado todo para volver a Wyoming cuando su padre murió. Fue allí donde conoció a Dillon.

–¿Y si te dijera que me gustas tal y como estás? –la voz de Stern le interrumpió los pensamientos.

–Muchas gracias, pero tú eres mi mejor amigo y tu opinión no cuenta. Además, no estoy intentando impresionarte a ti. Aunque, siendo un experto en la materia, agradezco tus consejos –respondió JoJo–. Espero que Pam me ponga en contacto con alguien que pueda hacer milagros.

Stern siguió mirando la carretera, en silencio, pero parecía estar apretando los dientes.

¿Le disgustaba que saliera con otro hombre?

Cuando detuvo el coche en el aparcamiento de McKays, JoJo se volvió para mirarlo.

–¿Qué te pasa? ¿Por qué no te gusta que intente ligar si tú lo haces todo el tiempo?

Él tardó unos segundos en responder:

–¿Es malo que quiera protegerte?

JoJo respiró profundamente. Lo que Stern no

sabía era que ella estaba intentando protegerlo, pero de ella misma. Si supiera que estaba enamorada de él, probablemente saldría corriendo.

—Es malo porque yo no quiero que me protejas —respondió—. Pareces mi padre. No, eres peor que mi padre porque él me dejaba hacer las cosas a mi manera. De hecho, me decía que debería salir más, arreglarme, conocer chicos. No tenía miedo porque sabía que podía cuidar de mí misma. ¿Por qué no lo crees tú?

—No es eso.

JoJo enarcó una ceja.

—¿Entonces qué es?

Stern frunció el ceño. No sabía cómo explicarle lo que sentía sin parecer egoísta. ¿Iba a negarle una oportunidad de ser feliz solo porque no quería perderla?

—Nada, es que estoy de mal humor. Perdona.

—¿Por qué estás de mal humor?

Él se encogió de hombros.

—Tengo mucho trabajo y muy poco tiempo —respondió.

Al ver un brillo de simpatía en los ojos de JoJo se sintió como un canalla por no contarle la verdad.

—No te preocupes —dijo ella, dándole una palmadita en la mano—. Puedes hacerlo. Tú eres muy inteligente y muy trabajador. Y tienes una buena cabeza encima de los hombros.

Stern no dijo nada. JoJo siempre había creído en él, incluso en los peores momentos. Como, por ejemplo, cuando quería jugar al baloncesto en el instituto pero para hacerlo necesitaba sacar mejores notas. JoJo, que había sido su tutora, lo animaba diciéndole esas mismas cosas… y maldita fuera, siempre la había creído.

–Gracias.

Era una bendición tener una amiga como ella. Mucha gente encontraba extraña esa amistad suya y algunos, como su primo Bailey y los mellizos, pensaban que tarde o temprano serían algo más que amigos. Aunque él les había dicho más de mil veces que no veía a JoJo de esa forma, que era su mejor amiga y nada más. Se negaba a pensar que eso había cambiado.

–¿Vamos dentro? –le preguntó.

–Me vendrá bien un café porque tengo que hacer inventario. No sé qué pasa, últimamente nos quedamos sin repuestos antes de lo previsto.

–Seguro que descubrirás cuál es el problema –dijo él mientras salía del coche–. Siempre lo haces.

–Gracias por el voto de confianza.

–De nada.

Stern le tomó la mano, como era su costumbre, y solo entonces se le ocurrió pensar cuánto le gustaba ir de la mano con JoJo.

–Gracias por la película y por el café.

–De nada –dijo Stern, entrando en la casa tras ella. Siempre que salían juntos la acompañaba a casa a comprobar que todo estaba bien.

Después de explicarle la razón de su mal humor, su actitud había mejorado bastante y, mientras tomaban café, había bromeado sobre Aiden y Adrian y sus planes de futuro.

También habían hablado del ajetreo en la familia Westmoreland con tantas bodas y compromisos. Stern pensaba que era divertido que algunos de sus hermanos y primos pensaran que él sería el siguiente.

—Todo está bien —anunció, saliendo de la cocina.

—Porque tú has asustado al hombre del saco —JoJo se quitó la gorra, dejando que el pelo le cayera por los hombros. Tal vez el estilista sugeriría que se lo cortase. Nunca lo había llevado corto, pero si de ese modo Walter se fijaba en ella...

JoJo dio un respingo al notar la mano de Stern en su pelo. No lo había oído cruzar la habitación.

—Me encanta tu pelo —dijo él, pasando los dedos por un suave mechón—. Dime que no te lo vas a cortar nunca.

—No puedo. El estilista podría sugerir que me lo cortase.

—¿En serio?

—Me apoyas en esto, ¿no? —le preguntó JoJo, intentando parecer despreocupada. ¿Por qué tenía que oler tan bien?

Stern siguió acariciándole el pelo y ella tragó saliva. Cuando era más joven solía deshacerle las coletas y la ayudaba a lavárselo cuando iban a la cabaña.

JoJo se aclaró la garganta.

–Si piensas ir a la oficina temprano lo mejor será que te vayas a dormir. Yo aún tengo que hacer inventario.

–Sí, tienes razón –asintió él, mirando el reloj–. Se está haciendo tarde.

–Sí, es verdad.

¿Era su imaginación o la voz de Stern sonaba más ronca de lo habitual? Seguía ahí, a su lado, tocándole el pelo. ¿Se había acercado ella sin darse cuenta?

Y entonces, de repente, Stern empezó a inclinar la cabeza…

JoJo levantó la cara, sintiendo que se le doblaban las rodillas al notar el roce de sus labios. Pensando que estaba a punto de perder el equilibrio, Stern la envolvió en sus brazos y, sin pensar, JoJo se agarró a sus hombros. Una vocecita en su cerebro le decía: «Stern es mi mejor amigo y no deberíamos hacer esto».

Pero JoJo ignoró esas voces, dejándose llevar.

Y entonces él hizo algo que la dejó inmóvil: abrió sus labios con la lengua literalmente tragándosela, devorándola. Nunca la habían besado así. Bueno, en realidad nunca la habían besado de verdad. El beso húmedo e inexperto de Mitch Smith en el instituto, antes de que Stern le diese una patada, no era nada comparado con aquello.

Era la clase de beso que describían en las novelas románticas, un beso que te dejaba sin fuerzas. JoJo no podía dejar de preguntarse si estaba poniéndola a prueba. Stern sabía que era inexperta en lo que se refería a los hombres… ¿la estaría besando para comprobar si sabía besar o no?

No era mala idea. De ese modo podría aconsejarla para no meter la pata con Walter. Sí, tenía que ser eso. Esa tenía que ser la razón por la que estaba besándola. Y en ese caso…

JoJo le echó los brazos al cuello. No sabía que un beso pudiera ser tan intenso. Hacía que el pulso se le acelerase y sentía un cosquilleo en el vientre…

Decir que había vivido muy protegida sería decir poco, pero había sido decisión propia. En lugar de estudiar en otro estado, se había quedado en Denver, viviendo en casa en lugar de hacerlo en el campus de la universidad. Su padre había intentado convencerla para que se fuera porque, según él, tenía que vivir un poco, pero ella lo había convencido de que era feliz en casa.

No tenía experiencia con los hombres y que el primer beso se lo diese Stern era algo inesperado y abrumador.

¿Por qué se movían sus caderas instintivamente hacia él? ¿Por qué sentía escalofríos?

La necesidad de respirar hizo que se apartasen.

—Vaya —murmuró él, después de aclararse la garganta.

JoJo lo miró a los ojos.

—Bueno, ¿cómo lo he hecho?

Stern enarcó una ceja.

—¿Perdona?

–¿Cómo lo he hecho? Estabas poniéndome a prueba, ¿no?

Él sacudió la cabeza.

–¿Poniéndote a prueba?

–Claro. Tú sabes mejor que nadie que no tengo experiencia y supongo que no quieres que lo haga mal cuando Walter me bese. ¿Qué tal lo he hecho?

–¿Walter?

JoJo se dio cuenta de que se le había escapado el nombre. Pero debía haber miles de Walter en Denver.

–Dime qué tal lo he hecho.

Él la miró, en silencio.

–Un poco de práctica no te vendría mal –respondió por fin.

–Ah –murmuró ella, decepcionada.

–Pero me ha sorprendido. Lo has hecho mejor de lo que yo esperaba.

–¿De verdad?

–Sí.

JoJo esbozó una sonrisa, pasando de la decepción a la alegría en menos de un segundo.

–Gracias. Por un momento me tenías preocupada.

–No debes preocuparte. Con un poco más de práctica lo harás estupendamente. Y ahora, sobre ese Walter…

Si pensaba que iba a contarle algo más, estaba muy equivocado.

–No me preguntes nada más, no voy a responder. Volvamos a hablar del beso.

Stern cruzó los brazos sobre el pecho.

–¿Qué pasa con el beso? He dicho que no estaba mal.

–También has dicho que con un poco de práctica lo haría mejor, y quiero hacerlo mejor, así que tienes que enseñarme.

–¿Para ese tal Walter?

–Pues sí, para ese tal Walter.

–En otras palabras, quieres aprender a besar para impresionar a un hombre al que ni siquiera conoces.

Ella asintió con la cabeza.

–Sí.

Stern se quedó callado un momento y JoJo tuvo que hacer un esfuerzo para no temblar bajo su penetrante mirada.

–¿Me ayudarás o no?

–Me lo pensaré –respondió él–. Bueno, acompáñame a la puerta, me voy.

–¿Cuándo me darás una respuesta? No tengo mucho tiempo.

–Pronto –dijo Stern, inclinándose para darle el acostumbrado beso en la mejilla–. No te acuestes muy tarde.

Capítulo Cuatro

–¿Alguna razón para que llames a mi puerta a estas horas? Es más de medianoche –protestó Zane, apartándose para dejarlo entrar.

Stern fue directamente al salón y empezó a pasear de un lado a otro.

–¿Quieres un café?

–No, lo que quiero es un consejo. Hoy he tenido una cita con JoJo.

Zane se dejó caer sobre el sofá.

–Sales con ella continuamente. ¿Por qué esta noche ha sido diferente?

–La he besado.

Su primo lo miró, sacudiendo la cabeza.

–Si tú no necesitas un café, yo sí –anunció, levantándose para ir a la cocina, con Stern pisándole los talones–. ¿Por qué has besado a JoJo?

–No sé por qué la he besado. Estaba jugando con su pelo y, de repente, estaba metiéndole la lengua hasta la garganta.

–Por favor, no seas tan gráfico –dijo Zane, sirviéndose una taza de café.

–Pero eso es lo que ha pasado.

–Me sorprende que JoJo no te haya dado un golpe de karate.

Stern decidió que necesitaba un café después de todo y sacó una taza del armario.

—No lo hizo porque pensó que estaba poniéndola a prueba.

—¿Qué?

—Va a hacerse un cambio de imagen para ese tipo, ese tal Walter. Lo sé porque se le escapó el nombre.

Zane sacudió la cabeza.

—Volvamos a eso de ponerla a prueba.

—Como nunca la habían besado de verdad, JoJo pensó que estaba poniéndola a prueba para saber si sabría qué hacer cuando ese tal Walter la besara. Y entonces yo cometí el error de decirle que necesitaba mejorar un poco.

—¿Y es así?

—No, le mentí. Besa de maravilla… —Stern suspiró—. Si quieres que sea sincero, fue un beso fantástico. Y ahora me he enredado en esa mentira porque quiere que la ayude a besar mejor.

—A ver si lo entiendo: ¿tan platónica es vuestra relación que JoJo cree que podéis besaros sin que pase nada?

—No va a pasar nada —dijo Stern.

Zane soltó un bufido.

—Si creyeras eso no estarías aquí, pidiéndome consejo a medianoche.

—Ella solo me ve como un amigo, su mejor amigo.

—¿Y tú?

Stern miró su taza de café antes de responder:

–Eso es lo raro. Mientras la besaba, una parte de mi cerebro decía: ¿qué haces besando a JoJo? Pero otra parte veía a una mujer muy sensual. La verdad es que mientras la besaba se me olvidó que es mi mejor amiga.

–Parece que estás metido en un buen lío.

–Dímelo a mí –Stern exhaló un suspiro–. Si me niego, ella pensará que estoy siendo egoísta, que no quiero que salga con el tal Walter porque soy exageradamente protector. Pero si hago lo que me pide, puede que pierda el control y acabe llevando la relación a otro nivel. Un nivel que no existe entre amigos. ¿Qué sugieres que haga?

Zane se pasó una mano por la cara, pensativo.

–Haz lo que ella quiere –respondió por fin.

–¿Quieres que la enseñe a besar para otro hombre?

–Si eres listo, estarás enseñándola a besar para ti.

Stern frunció el ceño.

–Esto no tiene gracia.

–No me estoy riendo.

–¿Estás sugiriendo que, después de todos estos años, pase de ser amigo a ser amante de JoJo?

–Exactamente.

–¡Estás loco! No puedo hacer eso, es absurdo.

Zane se encogió de hombros.

–La has besado y, por lo que me cuentas, te ha gustado mucho.

Stern fulminó a su primo con la mirada.

–Me voy. He venido a pedirte consejo y no dices más que tonterías.

–¿Crees que son tonterías?

–Pues claro. ¿Desde cuándo somos amigos JoJo y yo?

–Desde el instituto, si no recuerdo mal.

–Recuerdas perfectamente. Y en todos esos años, ¿alguna vez has sospechado que hubiera algo más entre nosotros?

–Sí, todos lo hemos sospechado.

Stern lo miró, perplejo. Esa no era la respuesta que esperaba.

–¿Y quienes son «todos»?

Zane se encogió de hombros.

–Toda la familia –respondió.

–Bueno, pues espero que toda la familia esté equivocada. JoJo y yo solo somos amigos. La protegería con mi vida y viceversa. Nunca jamás en todos estos años he pensado en ella como algo más que una gran amiga.

–¿Y entonces el beso de esta noche? Por lo que me cuentas, ella pensaba que estabas poniéndola a prueba, pero siento curiosidad por saber qué pensabas tú. ¿Por qué has besado a una mujer que no es más que una gran amiga? ¿Por qué le has metido la lengua hasta la garganta? Son tus propias palabras, no las mías.

La tensión hacía que a Stern le doliese la cabeza.

–Me marcho –dijo, dejando la taza de café sobre la mesa.

–No has respondido a mi pregunta –insistió Zane–. ¿Por qué la has besado?

–Ya te he contado lo que pasó. Estaba tocándole el pelo y, de repente, estábamos besándonos.

–¿Y por qué le tocabas el pelo? ¿Lo haces a menudo?

–Sí… no, déjalo, Zane, estás confundiéndome.

–Y tú me confundes a mí. Es más de medianoche y estoy demasiado cansado como para debatir contigo, pero sé lo que tiene sentido y lo que no. Sugiero que te vayas a casa y pienses en lo que ha pasado antes de tomar una decisión.

–¿Qué decisión?

–Si quieres que vuelva a pasar o no. Tienes que decidir si JoJo va a convertirse en una experta en besos contigo o con otro hombre.

Stern tragó saliva.

–¿Cómo?

–Ya sabes cómo son las mujeres. Solo te piden que hagas algo una vez y, si eres lento, buscarán a otro. Seguro que muchos de sus empleados estarían encantados de enseñarla a besar. Y puede que no se detuvieran ahí.

La imagen que le apareció en el cerebro a Stern hizo que le hirviera la sangre.

–Me marcho.

–Muy bien. Buenas noches.

–Y nunca volveré a pedirte consejo.

Zane rio cuando oyó que cerraba de un portazo.

–Sí, Stern, claro que volverás –murmuró.

***

–¿Por qué estás tan contenta? Tienes una sonrisa de oreja a oreja.

JoJo dejó de sonreír al ver a Wanda.

–No estaba sonriendo –murmuró, moviendo la llave inglesa para retirar una batería defectuosa.

–Sí estabas sonriendo y llevas haciéndolo toda la mañana. ¿Ocurrió algo anoche, en tu cita con Stern?

–No era una cita, solo fuimos al cine. ¿Y quién te lo ha contado?

–Tú misma. ¿Es que no te acuerdas?

No, no se acordaba. Pero seguramente lo habría mencionado porque era muy habitual que Stern y ella fuesen al cine o a cenar.

–No me acuerdo, pero da igual.

–Entonces, si no es Stern quien te pone una sonrisa en los labios, debe ser porque Walter Carmichael está aquí.

–¿Está aquí? –repitió JoJo, preguntándose por qué no sentía nada. El pulso no se le había acelerado, el corazón le latía como siempre, la respiración no era agitada.

–Está con Beeker. Y tan guapo como siempre.

–¿Por qué está aquí? Le hicimos la última revisión hace poco.

–Tiene un rasguño en el asiento. Le he oído decir que se lo había hecho una mujer con el tacón del zapato –respondió Wanda–. Imagino que deberías salir a saludar a tu futuro novio.

JoJo se limpió la grasa de las manos, esbozando una sonrisa.

—Creo que tienes razón, voy a saludarlo.

Un momento después, se acercaba a Beeker y Walter Carmichael. De perfil, podía ver el parecido con Stern. Los dos eran altos, guapos y elegantes, pero ahí terminaban los parecidos. Stern sonreía a menudo y su sonrisa prácticamente te dejaba sin aliento. Había visto a Walter Carmichael sonreír solo una vez, cuando lo felicitó por lo bien que cuidaba de su coche.

Los dos hombres levantaron la mirada al verla.

—Hola, señor Carmichael. Me alegro de volver a verlo.

—No estaría aquí si no fuera por este rasguño en el asiento —dijo él, con gesto irritado—. Beeker me ha asegurado que quedará como nuevo.

—Por supuesto que sí.

JoJo sabía que no estaba precisamente guapa. Llevaba su uniforme de trabajo, botas y una gorra, pero en fin… Carmichael ni siquiera la había mirado.

Pero decidió que eso no debía molestarla. El sábado por la noche vería lo guapa que podía estar cuando hacía un pequeño esfuerzo.

—Bueno, si me necesita para algo, dígamelo. Nos gusta tratar bien a nuestros clientes.

No había esperado que Walter dijese nada, pero tampoco habría estado mal que le diese las gracias, por ejemplo. En lugar de eso, se volvió hacia Beeker y empezó a hablar del rasguño en el asiento de piel como si ella no estuviera allí.

—Que tenga un buen día, señor Carmichael.

Él se limitó a asentir con la cabeza, sin mirarla. Y, al ver que no tenía el menor interés, JoJo volvió a su trabajo. No iba a enfadarse porque Walter no mostrase interés, pero esperaba llamar su atención el sábado por la noche.

Ocho horas después, completamente agotada, JoJo entraba en el cuarto de baño para darse una ducha. Había quedado en el centro con Pam, que estaba pensando abrir una escuela de interpretación en Denver y tenía que ver un local, y luego irían a Larry's a cenar.

Había reparado un total de once coches aquel día y estaba agotada. Apenas podía mantener los ojos abiertos cuando entró en la ducha, pero en cuanto el chorro de agua le golpeó la cara se espabiló. Había estado pensando en el beso de Stern durante todo el día. No podía dejar de pensar en él y cada vez que lo hacía sentía un cosquilleo...

No tenía experiencia, pero sabía que ningún beso podía ser mejor que el de Stern porque la había hecho temblar por dentro. Sin duda, era un experto y no quería ni pensar en la cantidad de mujeres a las que habría besado para saber tanto. Que Stern hubiera salido con tantas chicas nunca le había molestado... ¿por qué le molestaba en ese momento?

Pero ella sabía la respuesta a esa pregunta, por eso tenía un plan. Necesitaba una distracción, aunque fuese alguien como Walter. Esperaba que solo hubiera tenido un mal día y no fuese siempre tan antipático.

Después de ducharse, abrió el armario y, por primera vez, notó que solo contenía camisetas y pantalones vaqueros. También tenía un par de pantalones de vestir, azules, marrones y negros, pero ningún vestido. Cuando debía acudir a una fiesta, una boda o un funeral, se ponía un traje de chaqueta.

Pero Stern había sugerido que mostrase las piernas, de modo que lo mejor sería ir de compras. Y una parte de ella empezaba a emocionarse con el plan, esperando que esos cambios jugasen a su favor.

Dillon asomó la cabeza en el despacho de Stern.

—¿Sigues aquí?

—Tengo mucho trabajo. Parece que cerraremos el trato con Harvey la semana que viene.

—Crucemos los dedos —dijo su hermano—. Karl Harvey tiene la costumbre de posponer las cosas, pero sería estupendo que consiguiéramos esa parcela en Minnesota. Según Riley, ya tenemos un posible inversor interesado en construir un complejo médico allí.

Stern asintió con la cabeza.

—Por eso yo sigo trabajando a estas horas, ¿pero cuál es tu excusa? Son más de las seis.

Dillon sonrió.

—He quedado con Pam. Tenía que venir al centro para ver a JoJo…

—¿A JoJo?

—Sí —respondió su hermano, sentándose frente al escritorio—. Me ha contado algo sobre unos consejos de belleza o algo parecido.

Stern hizo una mueca.

Dil, ¿puedo hacerte una pregunta?

—Claro.

—Si tu mejor amiga te pidiese un favor, ¿se lo harías?

—Por supuesto, aunque no haría nada que estuviese fuera de la ley.

—No tiene nada que ver con la ley.

—Si no fuese algo inmoral ni le hiciese daño a nadie, claro que le haría el favor.

—¿Y si ese favor cambiase la dinámica de tu relación con esa amiga?

Dillon se quedó callado un momento.

—En ese caso, me lo pensaría mucho.

JoJo sonrió cuando entró en Larry's y vio a Pam sentada a una mesa. Estaba tan guapa como siempre y entendía que Dillon se hubiese enamorado locamente de ella.

—Espero que no lleves mucho rato esperando —le dijo, mientras la abrazaba.

—Acabo de llegar y he pedido una copa de vino. Por tu llamada, entiendo que quieres impresionar a un hombre.

—Eso es —JoJo hizo una pausa para pedirle al camarero una copa de vino—. Creo saber dónde estará ese hombre el sábado, y pienso ir allí con un aspecto totalmente diferente al que tengo en el taller. En otras palabras, quiero hacer una entrada espectacular. ¿Crees que será posible?

—Por supuesto. Ritz, mi estilista, es fabuloso. ¿Quieres que te pida una cita con él?

—Sí, por favor.

—Hecho —dijo Pam—. Seguramente también necesitarás manicura y pedicura… incluso hacerte la cera.

JoJo frunció el ceño, preguntándose si Walter Carmichael merecía tal sacrificio.

—Sí, bueno, si no hay más remedio.

—¿Y ropa?

El camarero apareció en ese momento con su copa de vino y JoJo tomó un sorbo.

—Stern dice que debo ponerme un vestido.

Pam enarcó una ceja.

—¿Ah, sí?

—Según él, tengo las piernas bonitas y debo enseñarlas.

—Qué interesante —murmuró Pam, mirándola por encima de su copa de vino.

—De hecho, todo esto del cambio de imagen ha sido idea suya.

Pam esbozó una sonrisa.

—Conozco una boutique estupenda. ¿Qué tal el viernes?

—Muy bien.

—Le pediré a Chloe que venga con nosotras. Ya sabes que es una experta en moda.

Chloe, casada con Ramsey Westmoreland, el mayor de los primos de Stern, era la editora de una revista femenina de tirada nacional.

—Eso sería maravilloso.

—La llamaré para ver si está disponible. Por cierto, te recomiendo que te tomes el día libre. Cuando necesitas comprar algo puedes tirarte un día entero buscando.

—Pensé que iríamos por la tarde, después del trabajo.

Pam negó con la cabeza.

—No te lo aconsejo..

¿El día entero de compras? JoJo no podía ni imaginarlo.

—Muy bien. Le pasaré mi orden de trabajo a los demás mecánicos para tener todo el día libre.

—Estupendo.

JoJo tomó otro sorbo de vino. Estaba empezando a preguntarse si comprar un vestido y hacerse un cambio de imagen era estupendo o no.

Eran casi las nueve cuando Stern salió del aparcamiento de la empresa. Afortunadamente, había limpiado todos los archivos de su mesa y terminaría con los casos pendientes antes del fin de semana.

Pero mientras tomaba la autopista que lo llevaría al rancho de los Westmoreland no dejaba de pensar en JoJo. Solía llamarla a diario, pero aquel día no la había llamado porque lo último que deseaba era que mencionase el beso de la noche anterior o su oferta de ayudarla a mejorar.

Él conocía a JoJo mejor que a nadie y sabía lo inocente que era en lo que se refería a los hombres. En todos esos años, solo recordaba que le hubiese gustado uno: Frazier Lewis, en segundo. Frazier, el capitán del equipo de fútbol, que siempre estaba rodeado de chicas y, en su opinión, era un imbécil.

Había fingido sentir afecto por JoJo mientras ella le instalaba unos altavoces en el coche, pero después fue al baile de graduación con Mallory Shivers. Y, por si eso no fuera suficiente, presumía de haber utilizado a JoJo para conseguir lo que quería. Según él, no era lo bastante guapa y, además, siempre estaba manchada de grasa.

Frazier había terminado lamentando sus palabras porque él le dio su merecido. Hasta aquel día, Stern dudaba que JoJo lo supiera y esperaba que la historia no se repitiese.

JoJo seguía negándose a contarle nada del tal Walter, y lo último que quería era tenerla llorando en sus brazos como había hecho cuando Frazier la traicionó.

Nadie iba a tratarla mal mientras él pudiese evitarlo y, por eso, estaba decidido a descubrir dónde pensaba verlo ese fin de semana.

Stern sacudió la cabeza. Solo JoJo podía pensar que enseñarla a besar era lo mismo que enseñarla a jugar a las damas. Confiaba en él y sabía que no se aprovecharía, pero no entendía a los hombres. Incluso con las mejores intenciones, un hombre no podía dejar de desear a una mujer, aunque esa mujer fuera su mejor amiga.

La noche anterior se había enfadado con Zane porque había intentado poner ideas en su cabeza, pero cuando llegó a casa y se metió en la cama tuvo que reconocer que estaba en lo cierto. Zane solo había intentado hacerle admitir que esos pensamientos ya estaban allí. Habían nacido años antes, pero nunca habían sido regados o nutridos y, sin embargo, de repente empezaban a crecer.

Y esa era la razón por la que no podía enseñarla a besar. Había sentido algo y, por un momento, absorto en el beso, había olvidado que se trataba de su mejor amiga. JoJo le hacía perder la cabeza y eso no podía ser.

Pero, aunque no quería que volviese a pasar, tampoco podía olvidar la advertencia de Zane: si no lo hacía él, lo haría otro. Imaginar a JoJo besando a otro hombre hacía que se le encogiera el estómago de rabia.

Y esa rabia fue la que le hizo que pulsara el botón del volante que conectaba el teléfono.

—¿Sí? —respondió ella.

Al escuchar su voz, Stern sintió un escalofrío por la espina dorsal. ¿Por qué le pasaba eso?

—Soy yo. ¿Cómo va todo?

—Bien —respondió ella—. Hoy he reparado once coches y luego he tomado una copa con Pam en

Larry's. Hemos estado hablando del cambio de imagen.

Stern había oído hablar de ese encuentro con Pam.

–¿Y qué tal?

–Bien. Tengo una cita con Ritz, su estilista, el sábado por la mañana. El viernes iré de compras con ella y con Chloe, así que no pasaré por el taller. ¿Te puedes creer que vamos a estar todo el día de compras?

Sí, podía creerlo. Las mujeres de su familia eran muy aficionadas a ir de compras.

–¿Y qué haces ahora?

–Estoy leyendo el libro que me prestaste antes de irme a dormir. ¿Por qué?

Stern tragó saliva.

–Acabo de salir de la oficina y he pensado que podríamos empezar con las clases. ¿Te parece bien?

–Sí, me parece bien –respondió JoJo.

Pero su voz sonaba más ronca de lo habitual.

Veinte minutos después, JoJo respiró profundamente al escuchar el ruido de un coche deteniéndose frente a la casa. Stern había ido a verla para seguir con las clases.

Desde que cortó la comunicación había intentado convencerse a sí misma de que no tenía tanta importancia. Ella necesitaba aprender a besar y él estaba dispuesto a enseñarle. No sería la primera vez que le enseñaba algo. Cuando quiso aprender a hacer esquí acuático, Stern la había llevado al lago Gemma y también la había ayudado con las clases de violín en el instituto.

JoJo abrió la puerta y le vio subiendo los escalones del porche con una sonrisa en los labios.

—Estás muy guapa, Jovonnie.

Aún llevaba el pantalón marrón y la blusa beis que se había puesto para ver a Pam.

El brillo de sus ojos era nuevo para ella.

—Hola –empezó a decir, intentando controlar la lujuria que la consumía–. Tú también estás muy guapo.

Stern cerró la puerta y se acercó, con un gesto tan cargado de virilidad que se le doblaron las rodillas. Y cuando se detuvo a unos centímetros de ella, JoJo se dio cuenta de que se sentía atraída por él. Como nunca. Era alto y guapo, con un cuerpo proporcionado que excitaría a cualquier mujer. Sus anchos hombros se marcaban bajo la chaqueta, los vaqueros cubrían unos muslos poderosos y firmes.

Le tomó la cara entre las manos y susurró:

—¿Te he dicho últimamente lo guapa que eres?

JoJo intentó recordar que estaban actuando.

—No, últimamente no.

—Un error por mi parte –dijo él, con voz ronca–. Uno que hay que corregir inmediatamente.

Y luego inclinó la cabeza para rozar sus labios.

Pero no la besó inmediatamente, como el día anterior. En lugar de eso, se quedó sobre su boca, como permitiéndole absorber el calor de su alien-to. Luego se inclinó un poco más y deslizó la len-gua entre sus labios entreabiertos.

Por instinto, la lengua de JoJo se enredó con la suya en un baile que la hizo arder de deseo. Cuan-do cerró los ojos, las sensaciones se volvieron casi insoportables.

Stern se había apoderado de sus labios hacién-dola cautiva, cada roce más excitante que el ante-rior, aunque no sabía cómo era posible. ¿Cómo un beso de prueba podía ser tan excitante?

Entonces Stern bajó las manos y dio un paso atrás, jadeando como ella para recuperar el alien-to. JoJo no podía dejar de preguntarse cómo podía hacer tan bien su papel.

–Bueno… –empezó a decir, cuando encontró su voz–. ¿Qué tal lo he hecho?

El brillo de aprobación en sus ojos la animó.

–Muy bien –le confirmó Stern.

Claro que ese brillo era parte del juego. La per-sona a la que acababa de besar era su mejor amigo y el beso no había sido real, solo una lección. ¡Pero menuda lección!

–Ven, vamos a sentarnos en el sofá para hablar un rato.

–¿Hablar?

–Tenemos que cubrir todos los aspectos de ese beso en detalle.

JoJo tragó saliva.

Una vez en el sofá, Stern le apretó la mano. El beso, que debería ser una lección, había hecho que viera el poder que tenía JoJo sobre él... y lo fácil que sería para un hombre aprovecharse de ella.

Su reacción al beso había sido instintiva, la reacción que hubiera tenido con cualquier mujer. Pero era JoJo y, supuestamente, debía mantenerse alejado, distante, indiferente.

Sin embargo no era así, todo lo contrario.

—¿Y bien?

—Lo que quería era crear el ambiente. Deberías haberlo notado en cuanto llegué.

JoJo asintió con la cabeza.

—Lo he notado. He visto un brillo en tus ojos y enseguida me he dado cuenta de que estabas interpretando.

Stern se preguntó qué pensaría si supiera que no era así. Al verla, su reacción había sido puramente sensual y definitivamente real.

—Para empezar, te he hecho un cumplido con intención de engatusarte y para darte una pista de mis intenciones. Pero cuando he tomado tu cara entre las manos no deberías haber tenido duda alguna.

—No, claro que no.

—Muy bien. Este beso podría clasificarse como un «me gustas». Un beso entre dos personas que quieren conocerse mejor, ni demasiado ligero ni demasiado apasionado.

—¿Tú crees que ese es el tipo de beso que me dará Walter?

Stern dio un respingo al escuchar ese nombre.

—Si es listo, imagino que sí —murmuró, haciendo un esfuerzo–. Pero si intenta apresurar las cosas, te dará un beso que dice «te deseo». Y esos pueden ser peligrosos.

–¿En qué sentido?

–La intención de esos besos es que la mujer pierda la cabeza porque el hombre solo quiere una cosa: llevarte a su cama.

–Ah –murmuró JoJo–. ¿Y qué hago si me da ese beso?

–Cortarlo inmediatamente –respondió Stern, con más fuerza de la necesaria–. Una mujer puede interrumpir un beso cuando quiera, especialmente si le parece agresivo o es algo más de lo que ella desea.

–Ah, muy bien. Vamos a probar.

Él enarcó una ceja.

–¿Perdona?

–Vamos a probar uno de esos. Tengo que saber la diferencia entre uno y otro.

–Te aseguro que notarás la diferencia.

–Quiero estar segura del todo.

–No creo que sea buena idea.

–¿Por qué? Sé que soy la última mujer con la que querrías acostarte, pero necesito que finjas que es así para notar la diferencia. Quiero gustarle a Walter, pero no estoy dispuesta a acostarme con él.

Stern se alegraba infinito.

–No quiero que me pille desprevenida. ¿Y si se lo devuelvo sin saber qué clase de beso es? Walter pensaría que estoy intentando calentarle para nada.

A Stern le importaba un bledo lo que pensara

el tal Walter, y tuvo que morderse la lengua para no decirlo. JoJo quería impresionar a un hombre que tal vez no la merecía.

JoJo no conocía el poder de un beso así y mucho menos dónde podía llevar. Tal vez debería enseñárselo, pensó.

—Muy bien, pero solo porque tú me lo pides —Stern se levantó para quitarse la chaqueta y dejarla en el respaldo del sofá—. Recuerda que puedes apartarte en el momento que desees hacerlo —añadió, volviendo a sentarse a su lado.

—¿Y si me aparto y él sigue besándome?

—Entonces, le das una bofetada.

JoJo sonrió.

—Muy bien.

Él le devolvió la sonrisa, sabiendo que no dudaría en hacerlo.

—Bueno, vamos a empezar. Prepárate porque es un beso muy intenso. Estás advertida.

—De acuerdo.

Stern se inclinó hacia delante. Olía tan bien… y lo supiera o no, exudaba feminidad.

—¿Stern?

Solo entonces se dio cuenta de que estaba mirándola como un bobo.

—¿Sí?

—¿Ocurre algo?

Podría sincerarse y decirle que sí, que ocurría algo, pero no sabía qué. También podría decirle que no quería que se acercase al tal Walter, pero si ella le preguntaba por qué, no sabría qué decir.

–No, no pasa nada. Estoy intentando entender por qué una mujer tan guapa como tú no tiene cientos de hombres llamando a su puerta a todas horas –Stern le quitó la cinta del pelo y le enredó los dedos en los sedosos mechones.

–¿Otra vez estás actuando?

–Sí.

–Entonces, supongo que también yo debería actuar –JoJo le puso un dedo en la hendidura de la barbilla–. Me gusta este hoyito.

–Ya veo –murmuró él, intentando disimular un escalofrío–. Como a mí me gusta tu pelo.

–¿Ah, sí?

–Sabes que sí. Y una mujer que sabe arreglar un carburador y no necesita que un hombre le cambie un neumático tiene que ser dinamita en otros aspectos de la vida.

–Me gusta esa teoría tuya.

–Y a mí me gustas tú –Stern sabía que el deseo que había entre los dos no era fingido, era real. De repente, la tomó por la cintura para sentarla en sus rodillas y JoJo dejó escapar un gemido de sorpresa–. Aquí es donde te quiero por el momento. ¿Algún problema?

Ella lo miró durante un segundo antes de responder:

–No, ningún problema.

En realidad, se preguntaba si debería tener algún problema. Stern no sabía lo que sentía por él o cómo luchaba contra sus sentimientos. No sabía que su rostro invadía sus sueños, que fantaseaba con sus labios. No sabía cuánto deseaba besarlo. Pero aquel juego era tan divertido... podía dejarse ir, disfrutar de la atracción que sentía por él sin decirle la verdad.

–¿JoJo?

¿Los ojos de Stern se habían oscurecido o era su imaginación? Debía ser su imaginación.

–¿Sí?

–No tenemos por qué hacerlo.

–Quiero hacerlo. Necesito hacerlo.

–¿Ese Walter significa tanto para ti?

JoJo estuvo a punto de decir que no.

–No lo sé. Lo único que sé es que quiero que se fije en mí. Quiero que me vea como una mujer, no como el mecánico que le arregla el coche.

–Bueno, pues me enfadaré mucho si descubro que no te aprecia por lo maravillosa que eres. Y no lo digo como tu mejor amigo, lo digo como un hombre que ha salido con muchas mujeres y sabe cuándo ha encontrado una joya.

Esas palabras la emocionaron tanto que los ojos se le llenaron de lágrimas. ¿Por qué tenía que decirle esas cosas tan bonitas?

Gracias –dijo por fin, cuando pudo hablar.

–No me des las gracias. No era un simple cumplido, lo digo en serio.

JoJo se mordió los labios para evitar que le temblasen, como le temblaba el corazón. Stern hacía tan bien su papel que el anhelo de ser algo más que amigos era abrumador. Desgraciadamente, eso no iba a pasar. Pero, durante unos minutos, mientras la educaba en el fino arte de los besos, podía creer que así era.

–Bésame, Stern.

–Pedirle a un hombre que te bese es muy peligroso. Pensará que ya ha ganado la mitad de la batalla.

En ese momento a JoJo le daba igual y, para demostrar que así era, le echó los brazos al cuello y le ofreció su boca con descarada invitación.

Él se apoderó de sus labios, enredando los brazos en su cintura y besándola con una pasión que hacía que le diese vueltas la cabeza. Era un beso diferente a los otros, intenso y abrumador.

El propósito de ese beso era hacer que una mujer estuviera dispuesta a ir al dormitorio, pero no con Walter. Dudaba que pudiera besarlo así. De hecho, si Walter la besaba así saldría corriendo porque estaría pensando en otro hombre. Imaginaría a Stern, el hombre que usaba los labios y la lengua para hacerla temblar de arriba abajo.

No sabía quién se había movido primero, pero de repente estaba tumbada en el sofá, con Stern encima de ella.

El beso era tan apasionado; una caricia fiera, ardiente, que la dejaba sin aliento. JoJo dejó escapar un gemido al notar el aire frío en la piel. Stern le había desabrochado la blusa y la acariciaba por encima del sujetador…

Pero entonces le sonó el móvil y Stern se apartó como si se hubiera quemado. Con las prisas, estuvo a punto de caer del sofá.

JoJo se incorporó y, después de abrocharle la blusa, tomó el móvil de la mesa. Era su prima de Detroit y decidió dejar que saltara el buzón de voz.

—¿Por qué no me has parado? —le preguntó Stern.

Ella se encogió de hombros.

—Porque me gustaba.

Él la miró en silencio durante unos segundos antes de tomar la chaqueta del respaldo del sofá.

—No creo que estas lecciones sean buena idea. Te llamaré mañana.

Cuando JoJo se levantó, Stern ya estaba cerrando de un portazo.

Capítulo Cinco

Al día siguiente, Stern paseaba por su despacho de muy mal humor. Se alegraba de que Dillon no hubiese convocado ninguna reunión aquel día y de que, en general, lo hubiesen dejado en paz.

No había llamado a JoJo y no pensaba hacerlo hasta que estuviese un poco más calmado. El beso de la noche anterior lo había afectado, había hecho que deseara a JoJo como nunca había deseado a otra mujer. Por eso estaba tan enfadado consigo mismo. JoJo confiaba en él y la noche anterior había traicionado esa confianza.

De hecho, había estado a punto de desnudarla.

Stern dejó escapar un suspiro cuando le sonó el móvil y reconoció el tono de JoJo. Pero aún no estaba preparado para hablar con ella. Necesitaba tiempo. Para JoJo solo había sido una lección, pero para él había sido mucho más.

¿Qué iba a hacer al respecto?

Cuando despertó el viernes por la mañana y comprobó que no tenía ningún mensaje de Stern, JoJo supo que estaba evitándola. Siempre la llamaba a la primera oportunidad, por mucho trabajo que tuviese, pero seguía sin saber nada de él, y esa era una mala señal.

Había quedado con Pam y Chloe a las diez, de modo que tenía tiempo para tomar un café. Con un poco de suerte, cuando se viera con ellas ya estaría un poco más calmada.

Intentando no pensar que estaba perdiendo a su mejor amigo, JoJo se metió en la ducha.

Durante las últimas treinta y seis horas había recordado una y otra vez cada detalle de lo que ocurrió. Stern la había preparado para aquel beso... bueno, más o menos. Dudaba que ninguna mujer estuviese preparada para algo así. A ella la había dejado sin aliento.

Lo que no podía entender era la actitud de Stern. ¿Se habría involucrado en el beso más de lo que quería? ¿Lo habría disfrutado demasiado? ¿O tal vez ella no había seguido el guion previsto? ¿No había interrumpido el beso cuando debería? ¿Había hecho mal al pedirle ayuda para algo tan íntimo?

Unas horas después, se reunió con Pam y Chloe en la puerta de unos grandes almacenes. Incluso a las diez de la mañana las dos estaban radiantes. Le gustaría tener ese aspecto algún día y quería que la aconsejasen. Celebraría su treinta cumpleaños en menos de un año y ya era hora de hacer algunos cambios.

***

Stern levantó la mirada al escuchar un golpecito en la puerta de su despacho.

–Pasa.

Al ver a Zane, se echó hacia atrás en el sillón, sorprendido.

–¿Qué te ha sacado del rancho?

Zane, su primo Derringer y el hermano de Stern, Jason, eran socios en una empresa de cría y entrenamiento de caballos.

–He venido a la ciudad para ver a un cliente. Creo que hemos hecho otra venta –respondió su primo–. Y como tenía que venir, he pensado pasar a visitarte.

–¿Por qué? –preguntó Stern.

–Porque la última vez que te vi parecías más bien frustrado.

Frustrado era decir poco. Stern admitía estar abrumado por los acontecimientos. Sin duda, JoJo estaría preguntándose por qué no le había devuelto la llamada cuando nunca lo había hecho antes.

–La situación ha empeorado –respondió, después de aclararse la garganta.

Zane se irguió en la silla con expresión preocupada.

–¿Por qué?

–Decidí enseñarla a besar, como tú sugeriste, pero estuve a punto de perder el control. Tenías razón, cuando estaba besándola no la veía como a mi mejor amiga sino como a una amante.

–¿Y sigues teniendo un problema con eso? Muchos amigos se convierten en amantes, las relaciones cambian. Tus sentimientos por ella han debido ir cambiando poco a poco sin que te dieras cuenta.

Stern frunció el ceño.

—Pero tú sabes cómo soy en lo que se refiere a las mujeres. Una relación duradera es algo que jamás ha pasado por mi cabeza y no podría tratar a JoJo de ese modo.

—No, no podrías y no lo harás —asintió Zane—. JoJo significa demasiado para ti, pero eso crea otro problema.

—¿Cuál?

—¿Cuándo vas a admitir que estás enamorándote de ella?

Stern lo miró, perplejo. Y luego indignado.

—¿De qué estás hablando? No estoy enamorándome de JoJo.

—¿Seguro? Yo estuve a punto de perder a Channing porque me negaba a reconocer que sentía algo por ella. Creo que también tú te has enamorado de JoJo, y estarás cometiendo un error si no se lo dices antes de que sea demasiado tarde.

Stern se levantó y empezó a pasear por el despacho, pensando en todo lo que había ocurrido desde que estuvieron en la cabaña. No tenía que pensar mucho para recordar sus ansiedades y sus miedos al saber que estaba interesada en otro hombre. ¿Podría albergar sentimientos por JoJo que no tenían nada que ver con la amistad y que tal vez llevaban años enterrados?

—Ya es demasiado tarde. A JoJo le gusta otro hombre, ese tal Walter.

73

–Le gusta otro, pero eso no significa nada. Tú mismo me has dicho que apenas lo conoce.

–¿Qué puedo hacer?

–Depende de ti. Si sientes algo por JoJo, debes decidir qué vas a hacer al respecto. Si quieres perderla es asunto tuyo, pero yo que tú no renunciaría a la mujer de mi vida sin luchar.

–JoJo no es la mujer de mi vida –protestó Stern–. Además, para ella solo soy su amigo.

Zane se levantó.

–Yo que tú se lo pondría difícil al tal Walter. Y empezaría por hacerle saber a JoJo lo que siento. Puede que te lleves una sorpresa, tal vez ella sienta lo mismo que tú. Yo llevo años diciendo que vuestra amistad es un poco extraña…

–¿Qué quieres decir?

–Amigos o no, estáis tan unidos como una pareja. Sois inseparables.

Stern dejó escapar un suspiro.

–Me lo pensaré.

Zane sonrió mientras se dirigía a la puerta.

–Me alegro. Es hora de que pienses como un Westmoreland.

JoJo miró los vestidos que habían elegido Pam y Chloe. Estaba convencida de que se había probado más de cien y aún no eran las dos de la tarde.

–¿Cuál te gusta más? –le preguntó Megan, la prima de Stern, que era anestesióloga y se había unido a la excursión cuando pararon para comer.

Ya había comprado seis vestidos, aparte del que pensaba ponerse el sábado, porque según ellas debía renovar su vestuario para las próximas citas con Walter. Aunque JoJo no sabría si habría otras citas.

–Me gustan el amarillo y el estampado.

Megan sonrió.

–Buena elección, también eran mis favoritos.

En realidad, le gustaban todos los vestidos que había comprado y debía reconocer que le quedaban muy bien.

–Ahora tienes vestidos, pero necesitas ropa interior –dijo Pam.

Chloe, que estaba hablando por el móvil, lo guardó en el bolso con una sonrisa.

–Los chicos van a hacer de niñeros para que podamos cenar todas juntas esta noche. Van a venir Bella, Keisha y Kalina. Iremos a McKays.

A JoJo le pareció una idea estupenda. Como Stern y ella eran tan amigos, la familia Westmoreland era casi como la suya propia.

–¿Prefieres tanga o braguita normal? –le preguntó Pam media hora después, en la lencería.

–Prefiero la braguita.

–Pues no, mañana por la noche no –dijo Chloe, mostrándole un tanga–. Esto es lo que vas a ponerte.

JoJo miró aquella cosa diminuta y enarcó una ceja.

–¿En serio?

–No querrás que la braga se te marque bajo el vestido, ¿no? –le preguntó Megan.

–No, no –murmuró JoJo, que jamás se había preocupado por esas cosas.

–Mañana iremos a tu casa para ayudarte –anunció Chloe.

–¿De verdad?

–Por supuesto. Queremos que dejes a ese tipo sin aire.

JoJo sacó el móvil del bolso para comprobar si tenía alguna llamada perdida y tuvo que disimular su desilusión al ver que no era así. Stern seguía sin llamarla.

–¿Tienes alguna idea para el pelo? –la pregunta de Chloe interrumpió sus pensamientos.

–No, ninguna.

–¿Piensas cortártelo?

–No, a Stern le gusta largo.

–¿Stern? –repitió Megan, con el ceño fruncido–. ¿Qué más da lo que le guste a Stern? No es a él a quien tienes que impresionar.

«Piensa como un Westmoreland».

Las palabras de Zane se repetían en la cabeza de Stern mientras ordenaba su despacho. Él estaba acostumbrado a conquistar a las mujeres, ¿pero cómo iba a conquistar a JoJo, que lo conocía mejor que nadie?

En ese momento le sonó el móvil y cuando miró la pantalla vio que era Dillon.

–Dime.

–Hay un cambio de planes para esta noche.

Los Westmoreland tenían por costumbre reunirse para cenar juntos los viernes.

—¿Cuál es el cambio?

—Vamos a cocinar nosotros porque las chicas han decidido cenar juntas en McKays.

—Ah.

—Le estoy pidiendo a todos que traigan su especialidad, pero como tú no tienes ninguna puedes pasarte por una pastelería y comprar el postre.

—Muy bien.

—Los niños van a cenar con nosotros, así que no compres tarta al whisky.

Stern esbozó una sonrisa. Todo el mundo sabía que la tarta al whisky era su postre favorito.

—De acuerdo.

Después de cortar la comunicación, seguía dándole vueltas a la cabeza...

«Piensa como un Westmoreland».

Unos minutos después, sonriendo, Stern sacó el móvil del bolsillo y marcó un número.

—Taller Golden Wrench, soy Wanda. ¿En qué puedo ayudarlo?

—Hola, preciosa, soy Stern. Y puedes ayudarme dándome cierta información.

JoJo salió del dormitorio y fue recibida con una exclamación colectiva.

—¡Estás guapísima!

—¡Sensacional!

—¡Ni siquiera pareces la misma persona!

–Gracias. La verdad es que me siento como otra mujer –murmuró ella, mirándose al espejo–. Y quiero daros las gracias a todas por vuestra ayuda. No solo por ir de compras conmigo ayer y estar conmigo mientras que Ritz me peinaba sino por venir hoy para darme confianza.

No había necesidad de decirles que la otra persona que podía darle confianza era su mejor amigo, Stern. Pero Stern no estaba allí y no sabía nada de él. Estaba claro que las cosas habían cambiado entre ellos y eso la enfurecía. Al fin y al cabo, el cambio de imagen había sido idea suya. ¡Y él le había dado el primer beso! ¿Era un error por su parte querer mejorar?

–He buscado a Walter Carmichael en Internet –empezó a decir Bailey Westmoreland–. Es guapo, pero en su perfil parece un poco estirado. ¿Seguro que va al Punch Bowl? Ese solía ser el bar de Derringer y Riley. Iban tanto que llegamos a pensar que habían comprado el sitio.

–Sería mala suerte que precisamente esta noche Walter no apareciese por allí –dijo JoJo.

–Si es así, él se lo pierde –afirmó Pam–. Pero tengo la sensación de que esta va a ser tu noche de suerte.

JoJo respiró profundamente. Eso esperaba.

–Y me alegro mucho de que no te hayas cortado el pelo –intervino Chloe–. No sabes lo guapa que estás.

Al menos por esa noche se sentiría guapa, pensó ella, mirando el reloj.

—Bueno, es hora de irme. Gracias a vosotras me siento especial.

—Es que eres especial —dijo Megan—. Antes de que te marches, quiero hacer unas fotografías. Estoy deseando enseñárselas a Rico.

—Gracias por dejarme actuar esta noche, Sampson.

El viejo profesor, que había preparado a la madre de Stern para su primer recital, levantó la mirada del piano.

—De nada. De vez en cuando puedo convencer a Riley para que se siente ante el piano, y cuando lo hace el público se vuelve loco. Tu madre quería que todos tuvierais buen oído para la música y lo consiguió.

Stern asintió con la cabeza. Era cierto. Dillon y Micah tocaban la guitarra, Riley y Bane el piano, Canyon el saxo y Stern el violín. Tras la muerte de sus padres, Dillon había insistido en que siguieran tomando clases con Sampson.

—Pero tu hermano prefería quedarse entre el público, rodeado de chicas guapas —bromeó Sampson—. Me resulta difícil creer que ese donjuán vaya a casarse a finales de este mes.

—A ti y a todos —dijo Stern, riendo—. Pero cuando conozcas a Alpha lo entenderás.

El viejo profesor miró su reloj.

—El espectáculo empieza a las ocho, pero si quieres puedes tomar una copa.

—Gracias, pero prefiero quedarme aquí —Stern decidió no contarle que desde allí podía ver la sala sin que los clientes lo viesen a él—. Tengo entendido que Walter Carmichael viene por aquí a menudo. ¿Sabes si ha venido esta noche?

Sampson miró a través del cristal.

—Sí, ahí está. ¿Lo conoces?

—No, nunca lo he visto en persona.

—En realidad, viene casi todos los días. Tiene mucho dinero y le gusta impresionar a las mujeres. Bueno, a algunas no las impresiona y entonces se enfada. Parece creer que todas deben caen rendidas a sus pies... —Sampson sacudió la cabeza—. La verdad es que ese tipo no me gusta nada. Hace unos meses golpeó a una mujer. No ocurrió aquí o Sweety lo hubiese echado a patadas, pero dicen que el padre de Carmichael le dio dinero a la chica para que no lo demandase.

—¿Su padre?

—Proviene de una familia adinerada, por eso conduce ese deportivo y lleva ropa cara. Solo trabaja porque su padre le cerró el grifo hace un par de años, aunque dicen que su madre también le manda dinero. He oído que tuvo que salir huyendo de Indiana por un escándalo con una mujer casada cuyo marido amenazó con matarlo —Sampson enarcó una ceja—. ¿Quieres saber alguna cosa más?

Stern había oído más que suficiente. Y no pensaba dejar que JoJo saliese con aquel canalla.

—No lo he visto nunca. ¿Quién es?

Sampson lo señaló con el dedo.

–El de la chaqueta de ante y el pantalón azul. Parece recién salido de las páginas de una revista de moda.

Stern estudió las facciones del hombre, que estaba con un grupo de personas frente a la barra, y decidió que no le gustaba. Sampson tenía razón: Carmichael parecía el típico niño rico que se creía con derecho a todo.

Estaba a punto de decirlo cuando notó que Carmichael y sus amigos miraban hacia la puerta del bar y abrió los ojos como platos al ver a JoJo…

Pero una JoJo increíblemente sexy.

Llevaba el pelo suelto, en capas, enmarcando un rostro maquillado de pestaña larguísimas, mejillas sonrosadas y labios de un rojo rubí.

Y llevaba el vestido más sexy que Stern había visto nunca, por encima de las rodillas, dejando al descubierto sus preciosas piernas, que parecían más largas con unos tacones de aguja. Y el escote… el escote sujetaba unos pechos firmes que él no debía mirar.

–Qué chica tan guapa –comentó Sampson–. Espero que sepa lo que hace viniendo aquí sola. Los lobos han salido de caza esta noche.

Todos los hombres tenían los ojos clavados en ella. Algunos incluso se relamían y Stern sintió que le hervía la sangre.

Vio que JoJo sonreía a Carmichael, pero él la conocía mejor que nadie y se dio cuenta de que le temblaban un poco los labios. No estaba tan segura de sí misma como quería aparentar.

–Si necesitas practicar, esta sala está insonorizada –dijo Sampson.

–No necesito practicar –murmuró Stern, sin apartar los ojos de JoJo–. Estaré listo para hacer lo que tengo que hacer cuando llegue el momento.

Lo que Sampson no sabía era que esa respuesta tenía doble sentido.

Mientras la camarera la acompañaba a una mesa libre, JoJo intentó llevar oxígeno a sus pulmones. Había visto a Walter en la barra, pero él no parecía reconocerla.

–El espectáculo empieza en media hora –le dijo la camarera–. ¿Quiere tomar algo?

–Sí, por favor, una copa de vino blanco.

–Muy bien. Vuelvo enseguida.

Mientras esperaba que volviese, JoJo tuvo que hacer un esfuerzo para no mirar hacia la barra. No quería dar la impresión de estar buscando compañía, aparte de la de Walter, claro. ¿Y si se acercaba otro hombre antes que él? Tendría que decirle que no estaba interesada. Pero si Walter se acercaba después y ella lo recibía con una sonrisa, ¿no dejaría claro que estaba allí por él?

–Puede pensar que es una frase muy usada, pero tengo la sensación de haberla visto antes –escuchó una voz a su lado.

Era Walter, que la miraba con un brillo de interés en los ojos. JoJo contuvo un suspiro de alivio.

–Claro que nos conocemos, Walter.

–Es imposible que hayamos hablado y no te recuerde.

–Nos conocimos en mi taller.

–¿Tu taller? –repitió él–. ¿Qué tipo de taller tienes?

–Mi nombre es Jovonnie Jones, del taller Golden Wrench. Bueno, tal vez me recuerdes como JoJo.

Con un brillo de sorpresa en los ojos, Walter tomó su mano para mirarle las uñas. ¿Qué esperaba encontrar, grasa?

–¿Qué haces?

–Nada, es que no puedo creer que seas la misma mujer que…

¿La misma que repara tu coche? ¿La que lleva un mono de trabajo?

–No estás nada mal sin el mono. Jamás lo hubiera imaginado.

JoJo empezaba a sentirse molesta, pero intentó disimular. Tenía que recordar su propósito, aunque empezaba a parecerle imposible que aquel hombre la hiciese olvidar a Stern.

–Su copa de vino –dijo la camarera, dejándola sobre la mesa.

–Gracias.

–¿Has quedado con alguien? –le preguntó Walter.

–No, he venido sola.

–Yo también estoy solo –dijo él–. ¿Te importa si me siento contigo?

JoJo hizo un esfuerzo por sonreír.

–No, no me importa.

Estaba tan concentrado en JoJo y Carmichael que se había olvidado de todo lo demás. Carmichael había pedido otra copa de vino, seguramente con intención de emborracharla. Stern sonrió. Si ese era su plan, ya podía inventar otra estratagema porque JoJo aguantaba el alcohol mejor que nadie.

—Es mi turno, tengo que subir al escenario –dijo Sampson.

—Muy bien. Y gracias otra vez.

—Imaginaba que había alguna razón para que quisieras tocar esta noche –el profesor miró hacia la mesa de JoJo y Carmichael–. Y ahora lo sé.

Stern tragó saliva.

—¿Ah, sí?

—Cuando un hombre ama a una mujer no puede esconder sus sentimientos.

—No es eso. JoJo y yo solo somos amigos.

—Ah, ya –murmuró Sampson, claramente escéptico.

¿Lo vería Sampson como lo veía Zane? Esa posibilidad no le gustó nada.

Cuando el profesor desapareció, Stern apoyó la espalda en la pared, recordando su conversación con Wanda el día anterior, en la que, de buen grado, le había dado la información que necesitaba para poner su plan en acción.

Iba a darle a JoJo la sorpresa de su vida porque

él era la última persona que esperaba ver allí esa noche.

Las luces de la sala empezaron a apagarse y vio que Carmichael, que había estado de espaldas al escenario, se sentaba al lado de JoJo. Demasiado cerca para su gusto.

Stern tomó su violín. Mientras tocaba, olvidaría esos pensamientos negativos... o al menos lo intentaría.

—Venga, tú sabes que quieres irte conmigo, ¿a qué esperas?

JoJo tomó otro sorbo de vino, preguntándose qué habría tomado el imbécil que estaba sentado a su lado. Tenía que estar loco si creía que quería irse con él. En los últimos veinte minutos, JoJo se había dado cuenta del error que había cometido. Walter Carmichael no merecía el corazón de ninguna mujer. Solo pensaba en sexo, sexo y más sexo.

Había perdido la cuenta de las veces que había dicho que quería acostarse con ella... donde fuera, incluso en el hotel más cercano.

—Ah, qué bien, el espectáculo está a punto de empezar.

—Ven conmigo y tendremos nuestro propio espectáculo en tu casa. O en la mía.

JoJo apretó los labios. Walter Carmichael empezaba a sacarla de sus casillas. Pensaba que había ido allí para eso, pero se equivocaba. Se creía un regalo para las mujeres, pero también se equivocaba. No podía creer que un hombre pudiera ser tan estúpido.

Lo más triste era que la persona a la que Walter debía reemplazar en su corazón ya no era su amigo. Aparentemente, su obsesión por atraer a Walter había alejado a Stern de su vida.

Walter Carmichael era una total desilusión. El cambio de imagen, las compras para transformarse en una mujer que llamaba la atención de los hombres, por las razones equivocadas, como había dicho Stern, no había merecido la pena.

Se alegró cuando el pianista empezó a tocar porque, con un poco de suerte, Walter cerraría la boca de una vez. Además, le habían dicho que Sampson Kilburn era un pianista fabuloso y era cierto, pensó unos minutos después.

–Es bueno, ¿verdad? –le murmuró Walter al oído–. Tan bueno como podríamos serlo tú y yo en la cama.

JoJo se mordió los labios, a punto de decirle que se fuera a paseo. Pero no se molestó porque pensaba irse en el entreacto.

Stern estaba tras el cristal, mirando a JoJo. No sabía lo que había hecho Carmichael, pero incluso en la penumbra vio por su expresión que el tipo la sacaba de quicio. Eso era bueno para él, pero no tan bueno para JoJo, que se había esforzado tanto para impresionarlo. En fin, la pieza que pensaba tocar para ella sería más apropiada que nunca.

Sweety asomó la cabeza por la puerta.

–Tu turno, Stern. Sampson está encantado de que uno de sus protegidos vaya a tocar con él.

Él esbozó una sonrisa.

–Yo sí que estoy encantado.

Un momento después, tomaba su violín y se dirigía al escenario.

–Me marcho, Walter –dijo JoJo.

–Muy bien, me voy contigo.

Ella frunció el ceño. Por lo visto, no le había dejado claro que no quería saber nada de él y era el momento de hacerlo. Pero antes de que pudiese abrir la boca, Sampson Kilburn terminó de tocar y empezó a hablar por el micrófono:

–Es un placer para mí presentar a un antiguo alumno mío… y un alumno aventajado, además. Pido un aplauso para Stern Westmoreland.

JoJo miró el escenario, perpleja. ¿Stern?

Lo vio subir al escenario con su violín en la mano, sonriendo al público. No podía creerlo. ¿Qué estaba haciendo allí?

–Quiero dedicarle esta pieza a una chica muy especial que se encuentra entre el público, Jovonnie Jones –dijo Stern, inclinándose hacia el micrófono–. Es un fragmento de una sonata que habla sobre la auténtica belleza, la que no se ve.

Por segunda vez en cinco minutos, JoJo se quedó sin aire.

–Ese tipo acaba de mencionarte –dijo Walter, claramente molesto–. ¿Lo conoces?

–Sí, lo conozco. Es mi mejor amigo.

–Tu mejor amigo –repitió él, haciendo un gesto de desdén–. Los hombres y las mujeres no pueden ser amigos.

Siguió hablando, pero ella no escuchó una sola palabra, tenía los ojos clavados en el escenario. Acompañado por Sampson al piano, Stern empezó a tocar… poniendo su corazón en cada nota.

Walter le tomó la mano entonces.

–Venga, vámonos. Si ese tipo es tu mejor amigo, como dices, puedes oírlo tocar en otra ocasión.

JoJo soltó su mano sin dejar de mirar el escenario, como hipnotizada. Saber que Stern había elegido esa canción para ella especialmente hacía que se le encogiera el corazón. De alguna forma, había sabido que estaría allí esa noche, y también que su encuentro con Walter no iría como ella esperaba. Y estaba allí, animándola.

Stern la miraba a los ojos desde el escenario, como si estuviera diciendo que, pasara lo que pasara, su amistad podía con todo. Incluso con los Walter Carmichael de este mundo.

Cuando terminó de tocar, recibió una gran ovación. JoJo se puso de pie, le temblaban las rodillas, y aplaudió hasta que le dolieron las manos. Stern le hizo un guiño y ella soltó una carcajada. Tenían muchas cosas que contarse, pero por el momento se sentía feliz de haber recuperado a su amigo.

–¿Ya podemos irnos? –le preguntó Walter, irritado. Estaba de pie, tirando de su brazo, pero JoJo se soltó de nuevo.

–Márchate si quieres, yo me quedo.

Los ojos del hombre se volvieron tan oscuros que parecían negros.

–Un segundo antes de que tu amigo apareciese en el escenario habías sugerido que nos fuéramos.

–No, había dicho que yo me iba –le corrigió ella–. En ningún momento te he invitado a ir conmigo a ningún sitio.

–No me gusta que las mujeres se rían de mí. Tú no sabes con quién estás jugando.

–Y tú tampoco.

JoJo parpadeó cuando Walter esbozó una sonrisa.

–Ah, ya lo entiendo. Te gusta ser dominante... muy bien, pero cuando lleguemos a tu casa intercambiaremos los papeles.

Ella lo miró, atónita. ¿Aquel hombre estaba loco?

Estaba a punto de mandarlo a paseo cuando Stern se acercó a la mesa.

–¿Todo bien?

JoJo vio un brillo de preocupación en sus ojos.

–Sí, todo bien –respondió, dando a entender que tenía controlada la situación–.Léeme los labios, Walter: no me interesas nada. Me había equivocado contigo y evidentemente, tú conmigo. Y ahora, márchate de una vez.

–Yo no me he equivocado contigo. Has venido al club vestida como una mujer que está buscando un revolcón.

JoJo alargó una mano para detener a Stern, que había dado un paso adelante.

–No, déjalo –le dijo con firmeza antes de volverse hacia Walter–. No tolero que un hombre me falte al respeto, te lo advierto.

–¿Respeto? Puedo tratarte como quiera –replicó él–. ¿Sabes quién soy?

Ella esbozó una sonrisa.

–Claro que sí. Eres un niñato que se cree mayor porque lleva un traje de chaqueta, pero aún tienes mucho que aprender.

Oyeron entonces unas risas procedentes de la barra y Walter Carmichael tuvo suficiente sentido común como para no decir nada más. Pero la fulminó con la mirada antes de salir del club, echando humo por las orejas.

–¿Estás bien? –le preguntó Stern.

–Perfectamente –respondió ella.

–Lo siento.

–No pasa nada, estoy bien. Gracias por la canción, era preciosa y emocionante. Me he sentido muy especial. Por cierto, ¿cómo has sabido que estaba aquí?

Stern miró alrededor y descubrió que los amigos de Walter seguían pendientes de ellos.

–Vamos, te seguiré a casa. Allí podremos charlar.

JoJo asintió con la cabeza y él le tomó la mano para salir del club.

Capítulo Seis

—Voy a hacer café. ¿Quieres?

JoJo se quitó los zapatos mientras Stern entraba en la cocina.

—Sí —respondió—. Y ya sabes cómo me gusta.

Suspirando, se dejó caer en el sofá. Tal vez debería haber hecho las cosas de otra manera. Pero no, imposible, Walter Carmichael era un imbécil.

—No hagas eso —dijo Stern, entrando en el salón y sentándose frente a ella.

—¿Qué?

—Morderte los labios. No merece la pena.

—Lo sé, pero no puedo dejar de preguntarme por qué algunos hombres se convierten en verdaderos idiotas.

Él se inclinó hacia delante para mirarla a los ojos.

—¿Qué te ha hecho para que te enfadases tanto?

—Quería que me acostase con él desde el primer minuto, sin que hubiéramos intercambiado más de dos palabras. Era lo único que quería… pero yo quería una relación. Pensé que era alguien a quien me gustaría conocer mejor.

—No te merece.

—Lo sé —JoJo apoyó la cabeza en el respaldo del

91

sofá para mirar el techo–. ¿Vas a contarme por qué has aparecido en cl bar precisamente esta noche?

Stern se levantó.

–Voy a servir el café. Luego hablaremos.

Ella suspiró. Era tan injusto que el hombre del que se había enamorado fuese el hombre al que no podía tener…

Stern se movía por la cocina como si estuviera en su propia casa y ella hacía lo mismo en la suya, sin límites ni restricciones. De hecho, era la única persona que tenía una llave de su casa.

Stern volvió al salón con una bandeja.

–Tal vez deberías tomar una tila. El café te mantendrá despierta.

Seguramente no podría pegar ojo esa noche, pensó JoJo.

–No importa –murmuró, tomando un sorbo. Perfecto, como siempre.

¿Por qué tenía que ser su mejor amigo?

«Si no fuera tu mejor amigo no estaría en tu casa ahora mismo y seguramente no sabría que existes. Los hombres como Stern no salen con chicas que trabajan en un taller mecánico y cuando lo hacen solo buscan una cosa».

JoJo frunció el ceño, negándose a colocar a Stern en la misma categoría que a Walter.

–¿Por qué pones esa cara? ¿No te gusta el café?

–No, es que estaba pensando.

–¿En Carmichael?

–Sí, en Walter.

–¿Puedo hacerte una pregunta?

—Claro.

—¿Qué viste en él?

JoJo tuvo que disimular una sonrisa. Solo un hombre haría una pregunta así. Aunque Walter se había portado como un imbécil esa noche, seguía siendo un hombre muy guapo.

—Posibilidades. En fin, ¿por qué sabías que iría al bar esta noche? ¿Vas a contármelo o no?

Stern estiró las piernas.

—Decidí investigar un poco. Como te negabas a decirme nada, tuve que buscar otras fuentes de información.

Ella asintió con la cabeza. No sería difícil encontrar esa fuente.

—No me has devuelto las llamadas.

—No, es verdad. Necesitaba tiempo para pensar.

—¿En el beso de la otra noche? —le preguntó JoJo.

—Sí, en ese beso.

—¿Por qué? Sabíamos desde el principio que no significaba nada. No entiendo por qué te importa tanto cuando solo estabas ayudándome a mejorar.

Stern miró su taza de café, en silencio. ¿Cómo podía explicarle que el beso había significado algo?

Empezaba a preguntarse si lo que Zane le había dicho sería cierto. ¿Sentía algo por JoJo que no tenía nada que ver con la amistad?

En aquel momento, sentada frente a él, le parecía muy sexy. Entendía que todos los hombres del bar hubieran estado pendientes de ella. Pero eso era parte del problema; el cambio de imagen destacaba su belleza exterior y esos hombres no habían visto lo que había en su corazón. En su opinión, JoJo no necesitaba un cambio de imagen en absoluto, porque su belleza iba con ella. Aunque Carmichael no fuera capaz de ver más allá de la apariencia.

–¿Stern?

Respirando profundamente, él decidió responder con sinceridad. O con toda la sinceridad que fuera posible.

–Supuestamente, el beso solo era un intento de mejorar tu técnica, pero perdí el control y no debería haber sido así. Si el teléfono no nos hubiera interrumpido, habría terminado desnudándote.

Ella le sostuvo la mirada un momento.

–Habrías parado –dijo por fin.

–No, no habría parado. ¡Estaba desabrochándote la blusa!

Y ella lo había dejado, lo cual demostraba que confiaba en él, confiaba en que haría lo que debía. Pero en aquel momento hacer lo que debía era lo último que pasaba por su cabeza.

–Me desabrochaste la blusa, tampoco es tan grave.

Stern se preguntó por qué no le daba importancia cuando él se lo había tomado tan en serio. No había podido dormir esa noche, pero no por los remordimientos sino porque el recuerdo lo excitaba. ¿Por qué, después de tantos años, se sentía atraído por ella de esa manera?

–Aunque Walter ha sido una desilusión, no creo que este fin de semana haya sido una total pérdida de tiempo. Lo he pasado muy bien con tus primas y cuñadas, y Ritz me ha explicado cómo debo maquillarme, así que debería darte las gracias por sugerir el cambio de imagen.

Stern no estaba tan seguro. Además, aún no le había contado que había querido sabotear su encuentro con Carmichael.

–Tengo que hacerte una confesión: no quería que salieras con ese tipo. De hecho, esperaba que no lo hicieras y había planeado interrumpir el encuentro si os veía acaramelados.

JoJo enarcó una ceja.

–¿Y qué pensabas hacer?

–Molestaros –respondió él–. Y cuando Sampson me contó lo despreciable que es Carmichael con las mujeres, decidí alejarte de él a toda costa.

–¿Te ha contado que es despreciable con las mujeres?

–Hasta el punto de golpear a una que no quiso saber nada de él.

JoJo se levantó del sofá.

–Qué canalla.

–Desde luego.

–¿Quieres más?

Stern la miró, sin entender.

–¿Qué?

–Más café.

–No, gracias.

Su atracción por ella era más poderosa que

nunca y eso era lo último que ambos necesitaban. JoJo necesitaba un hombro en el que llorar, no un amigo excitado. Y mientras la veía volver al sofá y subir las piernas, mostrando los muslos, se excitó aún más. Era hora de irse, pero no parecía capaz de levantarse.

—Explícame una cosa, Stern.

—Si puedo…

—Tú no conocías a Walter. ¿Por qué no querías que la relación funcionase?

—Ya te he dicho lo que me contó Sampson.

—¿Entonces planeaste interrumpirnos solo cuando Sampson te habló mal de él?

—No.

Al ver que arrugaba la frente, pensó que estaba desconcertándola. Siempre habían sido sinceros el uno con el otro, por eso su amistad había durado tantos años.

—Deja que te explique una cosa sobre los hombres en general: estamos hechos para desear a las mujeres.

—No me digas que estás intentando justificar el comportamiento de Walter.

—No, por favor. Ese tipejo no sabe respetar a las mujeres. Tú diste en el clavo al decir que era un crío vestido de adulto, aunque a él no le gustase nada escucharlo.

—Es su problema, no el mío.

Stern la miraba sin saber qué hacer. ¿Por qué se sentía tan inquieto esa noche? Habían estado solos en su casa muchas veces y nunca había pasado nada. Tal vez era su aspecto, tan sexy, mostrando todo lo que solía ocultar…

Estaba tan guapa con ese vestido, los labios rojos y esos pendientes que oscilaban de lado a lado cada vez que movía la cabeza. Y maldita fuera, ¿qué perfume se había puesto?

El pelo, cortado a capas, destacaba sus altos pómulos y esos labios que, de repente, le parecían irresistibles. Sentía la tentación de acercarse un poco más y pasarle los dedos por el pelo…

¿Tendría razón Zane? ¿Sus sentimientos por ella habrían cambiado de repente?

–¿Qué pensabas hacer? –insistió JoJo–. Especialmente sabiendo cuánto me había esforzado para dar una buena impresión.

Stern apretó los labios. Estaba harto de hablar de Walter Carmichael. Recordó entonces todo lo que había pasado desde aquel día en la cabaña, cuando le preguntó qué debía hacer para llamar la atención de un hombre.

Sus celos a causa del desconocido habían empezado entonces y habían ido aumentando cada vez que JoJo lo mencionaba.

–¿Y si te dijera que no me gustaba que fueras detrás de un hombre?

–No iba detrás de él… bueno, no exactamente. Lo vi y decidí que me serviría.

–¿Te serviría para qué? –preguntó Stern, extrañado.

–Déjalo, da igual.

–No da igual, pero en fin… –Stern dejó su taza

sobre la mesa–. Acompáñame a la puerta, se está haciendo tarde.

Cuando JoJo se levantó del sofá, no pudo evitar mirarla de arriba abajo.

–Estás muy guapa esta noche.

Ella sonrió mientras lo acompañaba a la puerta.

–La verdad es que me siento guapa. Creo que volveré a arreglarme y maquillarme un día de estos. Es un buen cambio.

–Sí, es un cambio interesante –asintió él, deteniéndose frente a la puerta. Y luego, dejándose llevar por la tentación, le acarició el pelo–. No te lo has cortado.

–No, solo las puntas.

–Me gusta.

–Gracias.

–No te pongas la gorra.

JoJo rio.

–No puedo hacer esa promesa. ¿Me ves en el taller con estos rizos en la cara?

–No, claro, es verdad.

–Ritz me ha enseñado a peinármelo y creo que lo intentaré algún día.

Stern no sabía qué tenía su pelo que hacía que quisiera besarla cada vez que lo tocaba. Sin darse cuenta, se acercó un poco más. ¿Por qué deseaba con todas sus fuerzas tenerla entre sus brazos? ¿Por qué estaba inclinando la cabeza…?

En cuanto sus labios se encontraron, ella dejó escapar un gemido. Fuera de sorpresa o de placer, Stern no estaba seguro. Lo único que sabía era que le gustaba besarla y quería seguir haciéndolo hasta que los dos estuvieran sin aliento.

En cuanto JoJo se apoyó en él, las manos de Stern fueron automáticamente a su cintura. No había razón para besarla, pero decidió que esa noche JoJo merecía la atención de un hombre y él no tenía ningún problema en prestársela.

Por fin, se apartó, pero solo para apoyarle la cara en el cuello y respirar su aroma, sintiéndola temblar entre sus brazos.

–¿Stern?

–¿Sí? –murmuró él, besando el pulso que le latía en la garganta.

–¿Por qué me besas?

–Porque me gusta –era verdad. Y decidió seguir siendo sincero–. Por si no te has dado cuenta, está pasando algo que ninguno de los dos esperaba.

–¿Qué?

Stern sonrió mientras daba un paso atrás.

–Me marcho el lunes a Florida y no volveré hasta el jueves. ¿Quieres que hagamos algo especial cuando vuelva?

–¿Qué tal si vamos a la bolera el viernes?

–¿Qué tal la cabaña?

JoJo enarcó una ceja.

–Estuvimos allí el pasado fin de semana.

–Pero yo quiero ir otra vez –dijo Stern–. Algo está pasando entre nosotros… es hora de averiguarlo.

Y después de darle un último beso en los labios, salió de la casa.

—JoJo, tienes que vestirte de chica más a menudo —le dijo Sony Wyatt, riendo.

Los chicos del taller estaban pasándose las fotografías que les había llevado a Beeker y Wanda.

—Muy gracioso —dijo ella, tomando una manguera de carburador.

—No pareces la misma persona —insistió Leon Shaw.

JoJo puso los ojos en blanco.

—Pues soy la misma persona… ¿y tengo que recordaros que soy vuestra jefa?

—¿Las ha visto Stern? —le preguntó Charlie Dixon.

—¿Por qué lo preguntas?

—No, por nada.

Stern no necesitaba ver esas fotografías porque la había visto en carne y hueso. De hecho, JoJo seguía intentando entender lo que había pasado el sábado por la noche. Y sentía la tentación de tocarse los labios porque seguía sintiendo el calor de los de Stern.

Había sido un beso increíble y no tenía nada que ver con una lección. Ella lo había disfrutado y Stern también. Por un momento, habían olvidado que solo eran amigos y se habían besado como dos personas que se sentían atraídas la una por la otra. Por su lado lo entendía, ya que estaba enamorada de él, pero Stern… ¿por qué la había besado así?

Eso era lo que la tenía desconcertada y no se sentiría satisfecha hasta que supiera la respuesta.

Al menos Stern se había dado cuenta de que pasaba algo. No quería hacerse ilusiones, pero si ya le estaba pasando a ella, ¿podría también pasarle a él?

Unas horas después, en su despacho, seguía pensando en Stern cuando Wanda llamó a la puerta.

—Parece que no me has contado todo lo que pasó el sábado —dijo la avispada recepcionista.

Sabiendo que no iba a poder trabajar, JoJo se echó atrás en la silla.

—¿Y qué crees que no te he contado?

—Que por lo visto enfadaste mucho a Walter Carmichael.

JoJo se mordió los labios. Le había contado a Wanda lo mismo que le había contado a todo el que le preguntó: que las cosas entre Walter y ella no habían funcionado y se habían dicho adiós. No era mentira, pero había dejado fuera la parte en la que le dijo a Walter lo que pensaba de él.

—¿Quién te ha dicho eso?

—Carmichael acaba de llamar para decir que quiere enviar su coche a otro taller y que no piensa volver por aquí.

—Me alegro. No quiero verlo ni en pintura.

—Dime una cosa, JoJo. ¿Cómo puede haber problemas en el paraíso cuando aún no habías llegado al paraíso?

—¿De verdad quieres saberlo? Walter Carmichael

es un imbécil que se cree un regalo del cielo para las mujeres. Lo único que hizo desde que se sentó a mi lado fue intentar llevarme a la cama. ¿Qué ha sido de conocerse el uno al otro?

Wanda sonrió.

—Creo que se fue por la ventana cuando las mujeres empezaron a interesarse por los revolcones de una noche. Las parejas ya no quieren conocerse, solo acostarse juntos.

—Pues no es eso lo que yo quiero.

—De modo que tu plan de reemplazar a Stern por Walter no ha funcionado. ¿Qué vas a hacer?

—Nada. Moriré virgen.

—No tiene por qué ser así, cariño.

—Tiene que ser así, al menos para mí. No me interesan los revolcones de una noche.

—Entonces, concéntrate en el hombre que te gusta de verdad.

—Ojalá fuera tan sencillo. Pero, como tú sabes, Stern es intocable.

—¿Porque es tu mejor amigo?

—Claro.

—¿No has oído hablar de los amigos con derecho a roce?

—Claro que sí, pero…

—Pues eso es lo que tienes que hacer.

JoJo sacudió la cabeza. Wanda era lo bastante mayor como para ser su madre y estaba promocionando el sexo… qué cosas.

—No, es imposible. Stern y yo solo somos amigos. Además, está alucinando con los besos.

–¿Qué besos?

JoJo se dio cuenta de que había hablado demasiado.

–Nada, no tiene importancia.

–Cuéntamelo ahora mismo. ¿Stern y tú os habéis besado? Si no me lo cuentas tú se lo preguntaré a Stern…

–No te atreverías.

–¿Quieres apostar algo?

No, no quería apostar nada. La semana anterior prácticamente había admitido estar enamorada de Stern y Wanda era capaz de casarlos.

–Nos besamos, más de una vez.

–¿Y bien?

–Todo empezó como una lección. Yo no tengo mucha experiencia…

–¿Y Stern aceptó enseñarte a besar para Walter?

–Y se sintió fatal porque perdió el control. En fin, volvimos a besarnos el sábado, cuando me llevó a casa…

–¿Stern te llevó a casa el sábado?

–Sí, me llevó a casa.

Dejando escapar un suspiro, JoJo decidió contarle toda la historia. Y Wanda la miraba con los ojos como platos.

–Entonces, Stern y tú vais a ir a la cabaña este fin de semana para averiguar qué está pasando entre vosotros.

–Stern es quien lo ha sugerido, yo ya sé lo que siento. Pero supongo que debe ser desconcertante para él porque no siente lo mismo que yo.

–¿Estás segura de eso?

–Pues claro que estoy segura. ¿Por qué iba a sentir de otra manera si llevamos años siendo amigos?

–No sé, tal vez porque eres una chica guapa y estupenda, porque tenéis una relación muy especial y él te conoce mejor que nadie. También podría ser que viera cosas que otros no ven.

–¿A qué te refieres?

–A que además de ser guapa por fuera, también eres guapa por dentro.

JoJo negó con la cabeza.

–Gracias, pero no quiero hacerme ilusiones.

–Pero él sabe que está pasando algo entre vosotros y quiere investigarlo, ¿no es así?

–Sí, pero…

Wanda esbozó una enorme sonrisa.

–Entonces, aprovecha este fin de semana. Haz lo que tengas que hacer para que se enamore de ti. Sugiero que os convirtáis en amigos con derecho a roce… tal vez así encontréis la respuesta.

–¿Qué tal el viaje? –le preguntó Riley.

–Genial –respondió Stern–. Tenemos la parcela de Florida prácticamente en el bote.

–Me alegro mucho. Me han dicho que vas a la cabaña este fin de semana.

–Sí, con JoJo.

–¿No estuvisteis hace una semana?

–Es que lo pasamos muy bien allí.

–Eso parece –dijo Riley–. He visto las fotografías de JoJo… está guapísima. Se me había olvidado lo bonito que es su pelo. Y menudas piernas.

Stern frunció el ceño.

–¿Tú no vas a casarte a finales de mes?

Su hermano soltó una carcajada.

–Sí, pero soy capaz de apreciar la belleza de otra mujer. Y no te preocupes, Alpha es la dueña de mi corazón por completo. ¿Quién es la del tuyo?

–Stern soltó una risotada.

–Muy bien, lo admito, Alpha también es la dueña de mi corazón.

–No te hagas el listo. Ya sabes a qué me refiero. Si no lo sabes, pronto te enterarás –dijo Riley, dirigiéndose a la puerta.

–¿Qué quieres decir?

–Que estás enamorado, pero aún no te has dado cuenta.

Stern no dijo nada. Otro que pensaba que JoJo y él eran algo más que amigos. No debería sorprenderlo ya que, según Zane, toda la familia estaba convencida de eso.

Además, él ya sabía lo que sentía por JoJo. Había luchado contra la verdad durante mucho tiempo, pero al final se había visto obligado a admitir que estaba enamorado de ella. Tal vez la había amado siempre o tal vez había descubierto sus verdaderos sentimientos en los últimos días. Daba igual, lo importante era que la amaba.

Pero eso era un problema.

No podía dejar de mirar el reloj, contando las

horas que faltaban para volver a verla. Había pensado ir directamente al taller desde el aeropuerto, pero cuando llamó por teléfono Wanda le dijo que JoJo había ido al dentista, de modo que decidió pasar por la oficina.

Estaba deseando volver a la cabaña porque sabía que Zane tenía razón: quería algo más que una amistad con JoJo. ¿Pero cómo iba a cambiar la naturaleza de su relación así, de repente, sin asustarla?

Por alguna razón, Zane sospechaba que JoJo sentía algo por él, y Stern se había devanado los sesos intentando encontrar alguna señal de que así era, pero no encontraba nada diferente en su relación. De hecho, en las últimas semanas solo había hablado del canalla de Walter Carmichael.

Bueno, pues Carmichael había metido la pata y era su turno de conseguir lo que él no había conseguido: el corazón de JoJo.

Stern se metió las manos en los bolsillos del pantalón, pensativo. Al día siguiente irían a la cabaña, pero volverían el domingo, de modo que solo quedaba el sábado…

Una noche. Tenía una noche para demostrarle que podían ser mucho más que amigos.

Capítulo Siete

Stern se echó el sombrero hacia atrás y parpadeó varias veces cuando JoJo abrió la puerta.

–Tu pelo.

–¿Qué le pasa a mi pelo? –preguntó ella, colgándose al hombro la bolsa de viaje.

–Lo llevas igual que el sábado pasado.

JoJo rio mientras cerraba la puerta con llave.

–¿Y eso es malo?

–No, pero no me lo esperaba.

Ocurrirían muchas cosas ese fin de semana que no se esperaba, pensó ella mientras iban hacia el coche.

–Ya te conté que Ritz me había enseñado a peinarme. Por supuesto, no me ha quedado tan bien como a él, pero tampoco está mal.

–Yo creo que lo has hecho muy bien.

–Gracias. ¿Qué tal el viaje?

–Bien, pero te he echado de menos –respondió Stern, colocando la bolsa en el asiento trasero.

JoJo sentía mariposas en el estómago mientras él le abría la puerta del coche. No era la primera vez que decía haberla echado de menos después de un viaje, pero en aquella ocasión era diferente. O tal vez todo estaba en su cabeza.

—Yo también te he echado de menos.

Aunque habían hablado por teléfono todas las noches, las conversaciones habían sido cortas porque temía que se le escapara algo o hiciese alguna estupidez, como confesarle su amor.

—¿Ha ocurrido algo interesante en estos días? —le preguntó Stern, clavando en ella esos ojazos tan bonitos.

JoJo contuvo el aliento. Era como si hubiera tomado una dosis de estimulante sexual. El aire parecía cargado... de algo. La culpa era de los sueños que había tenido durante toda la semana. Y de la novela romántica que le había prestado Wanda. Las escenas de amor eran tan fuertes...

—No ha pasado nada. Bueno, Walter llamó a Beeker el lunes para pedirle los papeles del coche. Creo que lo hemos perdido como cliente.

—No pareces muy apenada.

—Porque no lo estoy. Bueno, ¿qué tal todo en Florida? ¿Has cerrado el trato?

—Sí.

—Me alegro por ti.

—Gracias.

JoJo se reclinó en el asiento. Stern prefería conducir y lo único que ella tenía que hacer era cerrar los ojos y echarse una siestecita.

—¿Cansada?

—Ha sido una semana muy larga. Gracias por invitarme a la cabaña, me vendrá bien descansar un poco.

—Ya sabes que me encanta ir contigo.

Ella se preguntó si seguiría encantado cuando sugiriese la posibilidad de ser amigos con derecho a roce. Aunque había sido idea de Wanda, cuanto más lo pensaba, más le gustaba la idea. Pero no sabía cómo se lo tomaría él.

—¿Stern?

—¿Sí?

—He estado pensando…

—¿En qué?

—En ti y en mí. En nuestra relación.

Él la miró un segundo, antes de volver a concentrarse en la carretera.

—¿Qué pasa con nuestra relación?

—Hemos sido amigos desde siempre.

—Es cierto.

—Y no hay ningún hombre en el que confíe más que en ti.

—Gracias.

—Me estoy haciendo mayor.

—Yo también.

—Los dos nos hacemos mayores, pero tú has hecho muchas cosas en la vida y yo he hecho muy pocas. Hay asuntos de los que no sé nada.

Él enarcó una ceja.

—¿Por ejemplo?

—El sexo.

Stern tuvo que pisar el freno para no chocar con el vehículo que iba delante. Luego, mirando por el espejo retrovisor, giró el volante y detuvo el coche en el arcén, mirándola con cara de sorpresa.

—¿Qué has dicho?

–He dicho que tú sabes mucho de sexo y yo no.

–¿Esto es una competición o algo así? –preguntó él, con el ceño fruncido.

JoJo sintió que le ardían las mejillas. Habían hablado de muchos temas en esos años, pero el sexo jamás había sido uno de ellos. Ni siquiera en el instituto, cuando encontró una caja de preservativos en su mochila.

–No es una competición, Stern. Solo era una observación.

–¿Por qué?

JoJo se mordió los labios.

–Tengo un dilema.

–¿Qué clase de dilema?

–Cumpliré treinta años en unos meses.

–¿Y?

–Y sigo siendo virgen.

JoJo vio que tragaba saliva con dificultad.

–¿Y qué?

–Sé que es mi problema, pero esperaba que tú me ayudases.

–¿Cómo voy a ayudarte?

–Haciendo algo.

Stern enarcó una ceja.

–¿Qué?

Ella respiró profundamente para darse valor.

–Aceptando que seamos amigos con derecho a roce.

Él la miró, en silencio. Jamás hubiera esperado que dijera eso. Nunca, ni en un millón de años. Pero JoJo se lo estaba poniendo fácil. La noche anterior, y durante toda la semana, había estado devanándose los sesos para decidir cómo podría seducirla sin parecer un imbécil como Walter Carmichael.

Había pensado confesar que la quería, pero dudó que lo creyera, así que había decidido agarrarse al plan original: aprovechar esa noche para demostrarle que podían ser más que amigos.

Ella misma acababa de resolver el problema. Solo tenía que aceptar y tendría la oportunidad de demostrarle que su relación podía ser algo más duradero y profundo.

Y no tenía la menor duda de que quería algo duradero con JoJo.

—Muy bien —respondió.

—¿Muy bien? —repitió ella.

—Seremos amigos con derecho a roce.

JoJo enarcó una ceja.

—¿Entonces estás de acuerdo?

—¿Esperabas que no lo estuviera?

—No lo sé. Pensé que dirías que te lo pensarías o algo así.

—¿Qué tengo que pensar? Me gustas y te deseo.

—¿De verdad?

—He tenido tiempo de pensar en ello mientras estaba en Florida y creo que la razón por la que perdí el control el otro día es porque en el fondo te deseaba. El deseo había estado ahí durante mucho tiempo y el beso lo sacó a la superficie. Pero tenía que saber si tú me deseabas a mí... y no como un sustituto de Walter Carmichael.

–No lo eres.

Stern pensó que parecía muy segura, pero tenía que comprobarlo.

–¿De verdad?

–Yo no conocía a Walter y, al final, he descubierto que no es alguien a quien quiera conocer.

–¿No te habías enamorado de él?

–¡Pues claro que no! De hecho, no puedo creer que lo eligiera a él para reemplazar…

No terminó la frase.

–¿Para reemplazar a quién?

–Nada, no tiene importancia.

Stern sospechó que ocultaba algo, pero tal vez sería mejor dejarlo así.

–Muy bien, entonces estamos de acuerdo en que nuestra relación va a cambiar, ¿no?

–Eso es.

–Pareces cansada –le dijo, mientras volvía a arrancar–. ¿Por qué no duermes un rato? Te despertaré cuando lleguemos a la cabaña.

–Muy bien.

Unos minutos después, Stern la miró de soslayo. Dormida estaba guapísima, pensó. Su amiga, la que nunca se había acostado con ningún hombre, que estuviera dispuesta a experimentar con él en el dormitorio tenía que significar algo. Desde luego, esperaba que así fuera.

¿Podría Zane tener razón? ¿Sentiría JoJo algo por él? Pero si ese era el caso, ¿por qué había querido salir con Walter Carmichael? No estaba seguro, pero tenía que averiguarlo.

***

–Tardaré un minuto en encender la chimenea.

–Muy bien –dijo JoJo, mirando alrededor.

Le encantaba estar allí. Siempre había disfrutado yendo a la cabaña y le parecía bien que el cambio en su relación tuviese lugar precisamente allí, donde había descubierto que estaba enamorada de él. Sintió un escalofrío al pensar que seguramente esa noche compartirían cama. Había soñado con ello durante meses y en algún momento, mientras estaban allí, su sueño se haría realidad.

JoJo dio un respingo cuando Stern apareció a su lado y le puso la chaqueta sobre los hombros.

–¿Qué haces?

–Estabas temblando y eso significa que o tienes frío o estás nerviosa. Si es lo último, no tienes razones para estarlo. Pase lo que pase, yo no cambiaré. Siempre seguiré siendo tu Stern.

«Su Stern». Ojalá fuera cierto.

–¿Has olvidado llamar al señor Richardson? –le preguntó, al verlo inclinado sobre la chimenea. El señor Richardson era el guardés de la finca y solían llamarlo con antelación para que la casa estuviese calentita.

–No, no se me ha olvidado. El señor y la señora Richardson se fueron hace unos días a hacer un crucero por Hawái para celebrar su cincuenta aniversario.

JoJo sonrió.

113

–Ah, entonces tenemos que comprarles un regalo.

Podría quedarse allí mirándolo toda la noche. En cuclillas frente a la chimenea, sus anchos hombros se marcaban bajo el jersey azul y los vaqueros se ajustaban al estupendo trasero…

Pero decidió ayudar de algún modo. Así al menos estaría ocupada.

–Iré arriba para comprobar los dormitorios… quiero decir el dormitorio… para abrir las camas.

Stern se incorporó entonces.

–Ven aquí un momento.

Tragando saliva, JoJo dio un paso adelante.

–¿Sí?

En lugar de responder, Stern se inclinó para capturar sus labios. Aprovechando que ella había abierto la boca, sorprendida, introdujo la lengua y jugó con la suya hasta que JoJo le echó los brazos al cuello.

Sabía hacer algo más que atizar el fuego de la chimenea porque aquel beso estaba atizando el suyo. Por instinto, se apoyó en él, notando el roce de algo duro en el estómago…

Una oleada de deseo la consumió al pensar que estaba excitado. No le habría importado en absoluto que le quitase la ropa allí mismo y le hiciese el amor delante de la chimenea.

Pero Stern interrumpió el beso y dio un paso atrás, tomando sus manos.

–Tenemos que hablar, JoJo. Mientras dormías en el coche, he tenido seis horas para pensar.

–Y has cambiado de opinión –dijo ella con el estómago encogido.

–No, no he cambiado de opinión, pero quiero estar seguro de que sabes lo que quieres.

–Sé lo que quiero.

–¿De verdad?

–Sí.

–¿Estás completamente segura?

–Completamente.

Stern la miró a los ojos un momento antes de tumbarla sobre la gruesa alfombra frente a la chimenea.

–Esto de los amigos con derecho a roce... ¿qué es exactamente?

JoJo se mordió los labios.

–Básicamente ser amigos, con los beneficios de la amistad, como siempre, pero...

–¿Pero qué?

–También explorar la intimidad entre nosotros.

–Pero nunca te has acostado con un hombre.

–Y esa es una de las ventajas, el sexo.

–¿Y solo quieres hacerlo porque vas a cumplir treinta años?

–No es solo por eso. Quiero saber el placer que se siente, pero no puedo hacerlo con cualquiera. Compartirlo contigo es especial porque confío en ti –respondió JoJo–. Sé que no habría un compromiso entre nosotros a partir de ese momento, así que no debes preocuparte.

Él se quedó callado un momento, mirándola de una forma que le aceleraba el corazón.

–Ahí es donde te equivocas, JoJo. Si empezamos esto, no estará reservado solo para cuando hagamos el amor. Eso sería rebajar lo que compartimos.

–Ah.

–No podría acostarme contigo esta noche y con otra mujer la semana que viene. Eso me convertiría en un tipo como Walter Carmichael. Si nos hacemos amigos con derecho a roce, también seremos una pareja.

–¿Ah, sí?

–Sí.

–¿Y tú querrías eso?

–¿Por qué no iba a querer?

Ella se encogió de hombros.

–No lo sé. Tal vez porque eres soltero y nunca has querido una relación seria con nadie.

–Tú tampoco has querido.

–Pero en mi caso es diferente porque no hay un batallón de hombres detrás de mí. A ti te gustan las mujeres y no creo que vayas a cambiar así, de repente.

–Puedo cambiar si estoy saliendo contigo. Solo contigo.

JoJo frunció el ceño.

–¿Pero será suficiente para ti?

Stern sonrió.

–Sí, será suficiente.

Ella seguía mostrándose escéptica.

–Esto va a ser más difícil de lo que yo pensaba.

–¿Por qué?

–No había pensado que saliéramos juntos.

–Pero sí has pensado en acostarte conmigo.

JoJo decidió ser sincera. No quería que Stern pensara que su deseo de intimidad era una cosa hormonal.

–Sí.

–¿Cuándo?

–Recientemente. Mucho, además.

Él esbozó una sonrisa y JoJo deseó no haber dicho nada. No sabía si estaba bien decirle a un hombre que lo deseaba.

–¿Y qué pasa con Carmichael? La última vez que estuvimos aquí, insistías en hacer lo posible para que se fijara en ti.

–Es complicado y prefiero no entrar en detalles. Lo único que necesitas saber es que pensé que me gustaría conocerlo un poco más y me equivoqué.

Iba a pensar que era una frívola, pero decirle la verdad, que estaba enamorada de él, sería patético. Que Stern se comprometiese a ser su amante era una cosa, pero si descubría que lo amaba saldría corriendo.

Él alargó una mano para acariciarle el pelo.

–Hace poco descubrí que la razón por la que me gustaban tanto tus besos es que me sentía atraído por ti.

–Me alegra saberlo. Yo también me siento atraída por ti, así que esto de ser amigos con derecho a roce hubiese ocurrido tarde o temprano.

Stern no estaba tan seguro.

—O tal vez hubiéramos seguido siendo amigos para siempre, sin reconocer la atracción que hay entre nosotros.

—¿Entonces, vamos a acostarnos juntos esta noche? —le preguntó JoJo.

—No. Quiero que lo pienses bien y me des una repuesta mañana. Si lo hacemos, a partir de ese momento seremos una pareja. Para nosotros y para todo el mundo... mi familia y la tuya, mis amigos y los tuyos. ¿Te parece bien?

JoJo asintió con la cabeza.

—Al principio les parecerá muy raro, pero creo que al final lo entenderán.

—¿Y si no?

Ella levantó la barbilla.

—Lo que hagamos es asunto nuestro, ¿no?

—Claro.

Stern se levantó y tiró de su mano.

—Vamos a tomar una taza de chocolate antes de irnos a la cama. Piénsalo y mañana me darás la repuesta. No quiero que te sientas presionada.

—Pero si ha sido idea mía.

—Da igual. Quiero que estés completamente segura.

Era importante que JoJo estuviese segura porque él ya tenía el futuro planeado. Saldrían juntos durante un tiempo y luego, cuando llegase el momento, le pediría que se casara con él.

Quería que fuera su esposa. JoJo era una parte fundamental de su pasado y no podía imaginar el futuro sin ella.

Stern se levantó temprano por la mañana y se dispuso a hacer el desayuno. Aunque el señor Richardson no había podido encender la chimenea, sí había ido a la compra y la despensa estaba llena.

La cocina era su habitación favorita. Cuando compró la cabaña había cambiado los viejos electrodomésticos e instalado encimeras de granito. Había conservado los armarios de roble originales, pero dejando que JoJo eligiese los nuevos tiradores y las baldosas para el suelo y las paredes porque quería que la cabaña fuera tan suya como de ella.

En aquel momento no podía dejar de preguntarse la razón de esa decisión y muchas otras que había tomado en los últimos años. Era lógico que su familia hubiera sospechado de sus sentimientos por JoJo mucho antes que él.

La noche anterior, antes de irse a la cama, habían tomado una taza de chocolate mientras le contaba cómo iba la investigación sobre su bisabuelo, Raphel Stern Westmoreland.

Unos años antes, la familia había descubierto que Raphel, al que siempre habían creído hijo único, tenía un hermano mellizo, Reginald Scott Westmoreland, que había vivido en Atlanta. Aparentemente, Raphel se había ido de casa a los veintidós años, convirtiéndose en la oveja negra de la familia cuando se escapó con la mujer de un predicador. Por lo que sabían, había vivido en muchos sitios antes de instalarse definitivamente en Colorado, manteniendo relaciones con varias mujeres por el camino, y se rumoreaba que se había casado con cuatro de ellas.

Habían conocido recientemente a los nietos de Reginald, su hermano, y todos querían saber si había más Westmoreland en alguna parte.

Rico, el marido de Megan, que era investigador privado, había descubierto poco antes que Raphel tuvo un hijo del que no sabía nada y que fue adoptado por una mujer de apellido Outlaw. También estaba investigando a la que podría haber sido su cuarta esposa, Isabelle. El día anterior, toda la familia se había reunido en casa de Dillon para que Rico les informase de sus últimas pesquisas. Por el momento, sabía que la familia de Isabelle había vivido en Little Rock, Arkansas, pero poco más.

—Buenos días.

Stern levantó la mirada.

JoJo llevaba el pelo suelto y un vestido de lana que destacaba su bonita figura. Era de color verde menta, suave, totalmente femenino y sexy como el demonio. La lana se le pegaba a las caderas y los pechos, destacando su estrecha cintura, y el escote le dejaba al descubierto las clavículas. Stern pensó que estaba guapísima. El vestido era muy fácil de quitar... y no le importaría nada quitárselo en aquel mismo instante.

—¿Has dormido bien? —le preguntó, intentando controlar sus impulsos.

—Pensé que estaría despierta toda la noche,

pero me quedé dormida en cuanto apoyé la cabeza en la almohada.

¿Significaba eso que no había pensado en su proposición?

—Me alegro. Siéntate.

Mientras se acercaba a la mesa, notó cómo la lana del vestido le marcaba el trasero. Y cuando se subió al taburete, el vestido se levantó un poco, dejando al descubierto los muslos.

Verla con algo que no fuera una camiseta y unos vaqueros seguía siendo algo nuevo para él.

—Sobre lo que hablamos anoche... —empezó a decir ella.

—¿Sí?

—No he cambiado de opinión.

Stern intentó disimular un suspiro de alivio.

—Muy bien.

—¿Necesitas ayuda?

—No, gracias —respondió él, sin dejar de cortar pimientos.

Nada había cambiado, pero en realidad todo había cambiado. El aire estaba cargado de algo explosivo, volátil. El deseo crecía cada vez que la miraba. Solo tendría que dar un paso y...

—¿Qué hay de desayuno, además de la tortilla de verduras?

—Lo normal: tostadas, fruta, zumo de naranja y café.

—¿Puedes añadir algo más?

—Sí, claro. ¿Qué quieres?

—A ti.

Stern le sostuvo la mirada unos segundos. El fuego dentro de él se extendía a tal velocidad que, por primera vez en su vida, una mujer lo tenía ardiendo.

Después de limpiarse las manos en un paño, cruzó la habitación para llegar a su lado.

–Había planeado una merienda al aire libre y luego ver una película –Stern la tomó por la cintura para bajarla del taburete–. No quería presionarte.

JoJo le echó los brazos al cuello.

–No tenemos que esperar. He despertado esta mañana sabiendo que por fin puedo tener lo que quiero, aunque no lo creía posible.

Él se inclinó para rozarle los labios con la punta de la lengua.

–Creo que es hora de subir al dormitorio –murmuró, antes de tomarla en brazos para dirigirse a la escalera.

En sus brazos, con la cabeza apoyada en el torso masculino, JoJo escuchaba los erráticos latidos de su corazón, sintiendo su deseo y el de Stern.

Había despertado esa mañana sintiéndose más feliz que nunca. Aunque él no había dicho que la amase, sí había dicho que la deseaba, y eso era un principio.

Stern la conocía mejor que nadie porque había compartido con él sus alegrías y sus penas. Siempre había sido su protector, su confidente y, cuando hacía falta, su peor crítico. Él la había animado siempre a hacer realidad sus sueños. Lo había querido como amigo y, de hecho, seguía queriéndolo, pero también lo amaba como a un hombre; el hombre que podía hacer que su vida estuviera completa.

Stern la dejó sobre la cama y le acarició tiernamente la mejilla.

—Tu última oportunidad.

—Gracias, pero no voy a aceptarla —murmuró JoJo, sin dejar de mirarlo a los ojos.

—Lo has pensado bien, ¿verdad?

—Muy bien. Te deseo tanto...

—Y yo a ti.

Stern la envolvió en sus brazos y buscó sus labios con una pasión que la hizo estremecer. Pero se apartó unos segundos después para quitarle el vestido, dejándola solo con el tanga.

—Demonios —murmuró, tragando saliva. Era perfecta. Las piernas largas y bien torneadas, los pechos firmes, una piel preciosa y un estómago plano...

Sería su primera vez con un hombre y quería ir despacio, hacer que disfrutase. Pero verla desnuda, solo con aquel trocito de tela, era más de lo que podía soportar.

Intentando recuperar el control, dijo en voz baja:

—Levanta las caderas. Voy a quitarte el tanga.

Le temblaron los dedos cuando rozó su piel; el aroma femenino hizo que su erección empujase contra la cremallera del pantalón.

Nunca había visto un cuerpo tan bonito y se inclinó hacia ella, su avariciosa boca buscando los rosados pezones.

Chupó, mordisqueó y lamió a placer mientras sus manos, como por voluntad propia, se deslizaban por la cintura femenina, haciendo círculos alrededor del ombligo y moviéndose hacia abajo.

Cuando la tocó, JoJo intentó cerrar las piernas.

–Déjame, cariño –susurró, levantando la cabeza para mirarla a los ojos mientras le separaba las piernas con una rodilla.

Ella gimió cuando deslizó dos dedos en su húmeda cueva, pero Stern sostuvo su mirada mientras la acariciaba porque quería ver su expresión. Darle placer a una mujer nunca había significado tanto para él y le encantaba ver cómo se le dilataban las pupilas, cómo entreabría los labios, cómo la pasión le oscurecía las mejillas.

Siguió moviendo los dedos adelante y atrás hasta que la oyó gemir de placer. Su aroma íntimo lo excitaba y no estaría satisfecho hasta que su lengua se hundiese en ella.

–Disfruta –susurró, deslizándose hacia abajo hasta poner la cabeza entre sus piernas, agarrando sus caderas para que no pudiera moverse. Reemplazó los dedos por la lengua, adorando su sabor, sus gemidos de placer...

–¡Stern!

No iba a parar. Pensaba darle todo el placer posible y aquel sería un día que no olvidaría nunca.

JoJo estaba convencida de que iba a desmayarse y la culpa era de la boca de Stern, que seguía besándola íntimamente, usando la lengua para hacerle cosas perversas.

Y le encantaba.

Cerró los ojos y levantó las caderas para demostrarle que quería más. Nunca, ni en un millón de años, habría pensado que iba a portarse así. Era como si Stern hubiese despertado algo salvaje dentro de ella y solo pudiera disfrutar, como él le había pedido.

Sentía algo creciendo en su interior, una presión en el vientre, entre las piernas…

Entonces él hizo algo con la lengua, no sabía bien qué, pero lo sintió hasta el útero. Y cuando levantó las caderas, esa sensación explotó. JoJo gritó su nombre, agarrándole la cabeza. Era como si esa abrumadora sensación la hubiese roto en pedazos. Lo sentía en cada hueso, en cada poro, en cada célula de su ser.

Murmuró su nombre, convencida de haber muerto y aceptando que si así era habría merecido la pena. Si tenía que irse, aquella era la mejor manera de hacerlo.

Después, se quedó inmóvil, demasiado débil como para abrir los ojos, levantar una mano o cerrar las piernas. Incluso tenía que hacer un esfuerzo para respirar.

–JoJo…

En alguna parte de su cerebro escuchó la voz de Stern y tuvo que hacer acopio de fuerzas para abrir los ojos. Y los abrió como platos al ver que estaba quitándose la camisa.

No pensaría que podía hacer algo más en ese momento, después de una experiencia tan asombrosa. Necesitaría un día entero para recuperarse. Tal vez dos días o tres. Todo aquello era nuevo para ella y Stern debía saber que su cuerpo no iba a recuperarse tan pronto.

—Oye... —empezó a decir, al ver que estaba bajándole la cremallera del pantalón.

—Dime, cariño.

—No puedo moverme.

Con un poco de suerte, eso lo diría todo. Pero no fue así. Stern se quitó los vaqueros, seguidos de los calzoncillos. Y entonces lo vio. Y cómo lo vio. Tuvo que abrir más los ojos para comprobar que aquello era real y no una ilusión. ¿Cómo era posible?

Entonces ocurrió algo inesperado... sus pezones se endurecieron y entre las piernas sintió una extraña quemazón. No entendía por qué; lo único que sabía era que tenía que ver aquello y se apoyó en los codos para mirarlo.

—Pensé que no podías moverte.

Stern esbozó una sonrisa. Sabía que iba a recuperarse. Por supuesto que sí, él tenía experiencia. Sabía que su cuerpo ardería de deseo solo con mirarlo.

—Quería comprobar que no estoy viendo cosas —murmuró ella, mirando lo que debía ser la fantasía de cualquier mujer. Pero, a la vez, intentaba averiguar cómo iba aquello a... en fin...

—Todo irá bien, te lo prometo.

JoJo esperaba que así fuera porque el deseo empezaba a consumirla, tocando cada centímetro de su cuerpo, incluso esos sitios que aún deberían estar recuperándose del orgasmo.

–¿Sigues tomando la píldora?

–Sí.

No había necesidad de preguntar cómo lo sabía. Stern había ido a la farmacia muchas veces, cuando ella estaba resfriada o tenía trabajo en el taller. Y también sabía por qué la tomaba porque más de una vez había apretado su mano mientras ella estaba en la cama, con dolores de regla.

–Puedo usar un preservativo de todas formas.

JoJo inclinó a un lado la cabeza para seguir estudiándolo.

–No es necesario.

–¿Estás segura?

Estaba segura de que quería hacerlo, pero aún no estaba convencida de que aquello pudiese funcionar.

–Sí, estoy segura.

Tenía un físico fabuloso, con el estómago plano y los abdominales marcados. Pero lo que más le llamaba la atención era el miembro rígido sobre un nido de rizado vello oscuro.

A menudo se había preguntado cómo sería su primera vez y con quién. ¿Quién hubiera imaginado que sería él?

Pero lo era y JoJo no podía sentirse más feliz.

–En ese caso… –Stern se colocó sobre ella para capturarle la boca.

Ya debería estar familiarizada con sus besos, pero no era así. La besaba apasionadamente, poseyéndola, marcándola como suya.

JoJo le clavó los dedos en los hombros. Sentir sus pechos apretados contra el torso masculino la electrificaba y cada beso era mejor que el anterior. Era como si su boca hubiera sido hecha para aquello.

Cuando Stern bajó la cabeza para pasarle la lengua por uno de los pezones sintió que estallaba en llamas.

—Te deseo, JoJo —susurró—. Y estás tan húmeda...

Entró en ella sin dejar de mirarla a los ojos, su cuerpo ensanchándose para acomodarlo. Las sensaciones se concentraban allí, donde sus cuerpos estaban conectados.

—¿Te hago daño? —murmuró, al oírla gemir.

—No, no.

JoJo lo sentía. Estaba dentro, hasta el fondo. Era asombroso. Estaba bien. Mejor que bien. Él empezó a moverse, despacio primero, luego con poderosas embestidas. Sus movimientos avivaban el deseo, animándola a tomar lo que él le ofrecía.

Stern le sujetaba las caderas mientras aumentaba el ritmo y JoJo se agarró a sus hombros, gimiendo su nombre mientras se apartaba y volvía a entrar de nuevo.

—¡Stern! —gritó, al sentir que su cuerpo se fragmentaba de nuevo.

Él echó la cabeza hacia atrás, los tendones del

cuello marcados mientras se dejaba ir dentro de ella.

—¡JoJo!

Unos segundos después, cuando pudo recuperar las fuerzas, Stern le dio un beso dulce y apasionado al mismo tiempo. Y ella supo que nunca podría amarlo tanto como lo amaba en aquel momento.

Capítulo Ocho

Para Stern no había nada mejor que una buena comida, un buen vino y una mujer guapa. Y esa noche estaba disfrutando de las tres cosas. El sol se había escondido tras las montañas, tiñendo las copas de los árboles de tonos rojos, naranjas y amarillos. Desde el porche, la vista era espléndida.

¿Y cómo podía describirla a ella? Preciosa, estupenda, sexy… sí, definitivamente sexy. Sentada en la mecedora, con una copa de vino en la mano y admirando la vista, JoJo estaba tan sexy como aquella mañana, en la cocina, con un vestido estampado.

Temblaba al recordar esa mañana.

Después de hacer el amor se habían quedado dormidos y habían despertado antes del almuerzo para tomar el desayuno. Muertos de hambre, habían devorado las tortillas con tostadas y luego, hambrientos el uno del otro, habían vuelto a la cama para quedarse allí hasta que sus estómagos volvieron a protestar.

Hacía fresco, de modo que Stern había encendido la chimenea que había construido en el porche para días como aquel.

–Me resulta difícil creer que haya pasado una semana –dijo JoJo entonces.

–¿Una semana?

–Desde el cambio de imagen.

–¿Y no sabes nada de Carmichael, aparte de que se ha llevado el coche a otro taller?

–No sé nada y espero no saberlo nunca.

En ese momento, Stern estuvo a punto de confesar que la amaba, pero sabía que era demasiado pronto. Tenía que darle tiempo para acostumbrarse a la idea de que eran una pareja. Y que algún día serían marido y mujer.

–Gracias por ser tan paciente conmigo –dijo ella entonces.

–¿Yo? Debes confundirme con otro hombre. No recuerdo haber sido paciente... de hecho, prácticamente te arranqué el vestido.

–Sí, es verdad. Tienes mucha práctica.

–Desde luego.

Stern pensó en las mujeres con las que se había acostado a lo largo de los años. Siempre le había gustado divertirse, pero nunca mentía sobre sus intenciones. Sin embargo, empezaba a preguntarse si JoJo se acostumbraría a que fuesen algo más que amigos. ¿Qué pensaría sobre la idea de casarse?

–Podríamos jugar a las cartas. O al ajedrez.

–Jugamos a las cartas la última vez que estuvimos aquí. ¿Dónde está el Monopoly? Hace tiempo que no jugamos.

–No me apetece jugar al Monopoly –dijo Stern. Entonces se le ocurrió una idea–. Hay un juego al que no jugamos hace años. Normalmente se juega en grupo, pero podría ser interesante entre los dos.

–¿Qué juego es ese?

–Simón dice.

Ella lo miró, incrédula.

–¿Simón dice? ¿Y quién sería Simón?

–Podemos echarlo a suertes. Si tú eres Simón y puedes hacerme obedecer tus órdenes, estaré a tu disposición durante el resto de la noche. Si no, tú estarás a mis órdenes.

JoJo esbozó una sonrisa, como si la idea le gustara. Evidentemente, veía posibilidades.

–¿Y de cuántas órdenes estamos hablando?

–No más de veinte.

–Muy bien. Prepárate.

Stern sonrió. Estaba preparado.

Le dejó elegir cara o cruz y también que tirase ella la moneda. Y, a pesar de eso, ganó él. JoJo juraría que estaba amañado, pero no podría demostrarlo.

De modo que allí estaba, en medio del salón, esperando que le diese la primera orden. No habían jugado a ese juego en muchos años y se preguntó por qué estaría tan interesado, aunque empezaba a hacerse una idea. De hecho, esa sonrisa suya dejaba bien claro lo que pretendía.

–En este juego no se puede hablar.

–Ya lo sé. He jugado muchas veces.

–Bueno, vamos a empezar. Simón dice que levantes la mano derecha.

JoJo obedeció.

–Bájala.

JoJo mantuvo la mano levantada. Si pensaba

que iba a engañarla, estaba muy equivocado. Todo el mundo sabía que para que obedeciese la orden tenía que decir: «Simón dice» y no simplemente: «bájala».

–Simón dice que bajes la mano.

JoJo la bajó.

–Simón dice que la levantes.

Ella levantó la mano.

–Vuelve a levantarla.

JoJo no lo hizo.

Stern sonrió y ella le devolvió la sonrisa.

–Simón dice que saltes sobre una pierna.

Ella lo hizo.

–Simón dice que hagas un círculo saltando sobre una pierna.

JoJo lo hizo, riendo.

–Simón dice que puedes bajar la pierna.

Por el momento, le había dado seis órdenes y seguía en el juego. Catorce más y habría ganado… y ya estaba pensando en lo que le mandaría hacer a él. Pintarle las uñas sonaba bien, por ejemplo.

–Simón dice que te quites la ropa.

JoJo frunció el ceño. Simón se estaba poniendo muy fresco. Pero cuando iba a decirlo, Stern la interrumpió:

–Recuerda, si hablas pierdes el juego.

JoJo cerró la boca, pensando que iba a pagarlo muy caro. Cuando él tuviera que obedecer sus órdenes no solo le pintaría las uñas sino que lo haría salir al porche sin camisa para recoger leña.

–Simón dice que no tiene todo el día –insistió

Stern–. Así que repito: Simón dice que te quites la ropa.

Ella se quitó el vestido, quedando con un conjunto de sujetador y braga de color naranja.

Si su intención había sido que se desnudara, ¿por qué no había sugerido que jugasen al strip póquer?

–Muy guapa –dijo él, mirándola de arriba abajo con un brillo de deseo en los ojos. Y JoJo se alegró de que sus cuñadas la hubieran convencido para comprar varios conjuntos de ropa interior–. Simón dice que te quites las bragas y el sujetador.

JoJo obedeció, con una sonrisa en los labios.

–Pásate la lengua por los labios.

Ella se detuvo cuando iba a hacerlo porque no había usado la frase «Simón dice». Tenía que estar atenta al juego y no a cómo la miraba él. Además, estaba completamente desnuda y le daba un poco de vergüenza. ¿Se habría dado cuenta Stern de que aún se sentía un poco tímida?

Él tuvo que respirar profundamente para llevar oxígeno a sus pulmones. Nunca había visto una mujer tan bella, pero se había dado cuenta de que la avergonzaba enseñar su cuerpo.

Tenía una pequeña cicatriz en la cadera, que se había hecho al caerse del monopatín a los catorce años. Y otra igual del mismo accidente cerca de la cintura. Apenas se notaban, pero a él le parecían preciosas. Le gustaría decirle que podría estar mirándola todo el día… pero en realidad tenía que hacer un esfuerzo para no lanzarse sobre ella.

–Ven aquí –dijo con voz ronca.

Cuando no se movió, Stern esbozó una sonrisa.

–Simón dice que vengas aquí.

Ella dio un paso adelante.

–Simón dice que me desnudes.

JoJo empezó por quitarle el jersey, luego el cinturón y los vaqueros. Afortunadamente, se había quitado los zapatos y solo tuvo que levantar las piernas para deshacerse de ellos.

Pero antes de que pudiera incorporarse, estaba cara a cara con su erección.

Stern no había pensado darle la siguiente orden, pero al ver un brillo de curiosidad en sus ojos dijo con voz ronca:

–Simón dice que lo pruebes.

JoJo esbozó una sonrisa antes de envolver su miembro con los labios… y él estuvo a punto de caer de rodillas. Echó la cabeza hacia atrás y dejó escapar un gemido gutural mientras ella lo saboreaba. Su curiosidad la hacía audaz, segura de sí misma, mientras usaba la lengua para explorar cada centímetro.

Estaba cerca, muy cerca, y el juego parecía a punto de terminar.

–JoJo, para.

Cuando ella siguió con la tortura, Stern recordó lo que debía hacer:

–Simón dice… que pares.

Ella se apartó, con una sonrisa de satisfacción en los labios. La pequeña bruja sabía muy bien lo que estaba haciendo, pero él no podía quejarse.

No sabía cuánto la adoraba en ese momento, pero iba a hacer todo lo posible para que formase parte de su vida para siempre.

Stern se dejó caer sobre una silla.

–Simón dice que te sientes a horcajadas sobre mí.

JoJo abrió las piernas y se sentó sobre él.

–Simón dice que me hagas el amor.

Ella obedeció y Stern dejó escapar un gemido de placer al notar el roce de la húmeda carne. Tenía una orden más y pensaba que fuese la última. Daba igual que ella ganase el juego, lo único que importaba era que al final los dos habrían conseguido lo que querían.

–Simón dice que vayas más deprisa.

JoJo obedeció de inmediato, girando las caderas, deslizándose por su cuerpo una y otra vez hasta que, temblando, Stern bajó una mano para abrir sus pliegues con los dedos. Sintió que JoJo explotaba en ese momento y se dejó ir, gritando su nombre...

Cuando por fin pudieron respirar, la apretó contra su pecho. Necesitaba sentirla, piel con piel, corazón con corazón.

–Deberíamos subir al dormitorio, ¿no te parece?

JoJo sonrió.

–Mientras recuerdes que, durante el resto de la noche, estás a mis órdenes.

Stern esbozó una sonrisa.

–No tengo ningún problema, cariño. Ningún problema en absoluto.

Si alguien le preguntase, JoJo tendría que admitir que su vida durante las últimas semanas había sido perfecta. En la cabaña, Stern y ella habían decidido que se merecían otro día y, en lugar de volver el domingo, se habían ido el lunes por la tarde, llegando a Denver antes de medianoche.

Stern había pasado la noche en su casa y luego, al día siguiente, JoJo durmió en la suya. Desde entonces eran prácticamente inseparables, salvo cuando Stern estaba viajando.

Debía admitir que la transición de amigos a amantes tenía sus ventajas. Con Stern podía ser ella misma, la JoJo que había sido siempre, pero también una JoJo más descarada. Y él la animaba a serlo.

Resultaba difícil creer que hubieran pasados dos semanas desde que tomaron la decisión de ser amigos con derecho a roce.

Esa noche, Stern iba a llevarla a una cena benéfica y estaba encantada de ir con él. Habían salido a cenar varias veces, al cine y a un partido de fútbol, pero aquella sería la primera vez que iban a ser vistos en público como una pareja y eso la ponía un poco nerviosa.

Por eso se miró al espejo una docena de veces, aunque le encantaba el vestido, un regalo sorpresa de Stern, que había llegado en una caja enorme.

Al verlo se quedó helada. Era de seda blanca,

con lentejuelas plateadas solo visibles cuando caminaba. Era sencillamente precioso. Y pensar que Stern conocía sus medidas… al centímetro, además.

El corazón le dio un vuelco cuando sonó el timbre. Después de mirarse al espejo por última vez, JoJo tomó su bolso y se dirigió a la puerta.

El amor de su vida había ido a buscarla.

Aiden Westmoreland miró a su primo.

–JoJo está guapísima esta noche.

Stern asintió con la cabeza, sin dejar de mirarla mientras bailaba en la pista con Derringer.

–Sí, es verdad. ¿Cómo te van las cosas, Aiden? –le preguntó. Su primo era el nuevo médico de la familia y había decidido hacer la residencia en un hospital de Maine.

–Bien, pero tengo mucho trabajo. Necesito un descanso.

–¿Ah, sí? –Stern tomó un sorbo de vino–. Entonces, ¿que hayas vuelto a casa precisamente este fin de semana, igual que Jillian, es una coincidencia?

Al ver que su primo se atragantaba con el vino, Stern le dio un par de golpes en la espalda.

–¿Se te ha ido por el lado equivocado?

Aiden lo fulminó con la mirada.

–¿Tenías que darme tan fuerte?

–Lo he hecho para ver si entras en razón.

–¿Qué quieres decir?

–Espero que sepas lo que haces. Si estás intentando que Jill se vuelva loca...

–¿Qué sabes tú de nosotros?

–Solo lo que vi la última vez que estuviste en casa. Yo estaba montando a Legend Boy la mañana que tú deberías haber llevado a Jill al aeropuerto. Según Pam, debía estar allí a las cinco de la mañana, así que imagina mi sorpresa cuando os vi entrando a hurtadillas en casa de Gemma.

La casa de Gemma estaba vacía porque después de casarse se había mudado a Australia.

–No es lo que tú crees –dijo Aiden a la defensiva.

–Yo no voy a decirte lo que debes hacer, pero espero que Pam y Dil no descubran lo que estás haciendo.

–Estoy enamorado de ella.

–¿Entonces por qué os escondéis?

Aiden se quedó callado un momento.

–Ya conoces los planes de Pam para Jill –dijo luego–. Cuando termine la carrera de Medicina en primavera, Pam espera que...

–¿Y qué quiere Jill? –lo interrumpió Stern.

–Ella desea que estemos juntos, pero no quiere decepcionar a Pam.

–En cualquier caso, deberíais contar la verdad.

–¿Como has hecho tú, contando lo que sientes por JoJo? –replicó Aiden–. No te veo en un tejado gritando que la quieres.

Era cierto, tuvo que admitir Stern. No le había dicho a nadie lo que sentía por JoJo, ni siquiera a la propia JoJo, aunque la gente que lo conocía se daba cuenta de que estaba loco por ella. Sin embargo...

—Lo siento, no debería haber dicho eso –se disculpó Aiden–. Todo el mundo sabe que estás loco por JoJo. Es que estoy de mal humor porque he discutido con Jill.

—¿Por qué?

—Yo quiero contar la verdad, pero ella no quiere que diga nada todavía y eso me molesta. No me gusta engañar a nadie, pero tengo que hacerlo.

—Parece que Jill y tú tenéis que tomar una decisión –dijo Stern.

Y también él tenía que tomar decisiones, pensó.

JoJo salía del lavabo de señoras cuando tropezó con alguien que se había puesto en su camino.

—Vaya, vaya, pero si es mi grasienta amiga. Se puede sacar a una mujer de un taller mecánico, pero no se le puede quitar la suciedad. Estoy seguro de que hay grasa en alguna parte de tu cuerpo.

JoJo fulminó a Walter Carmichael con la mirada. Cuando intentó pasar a su lado, él la agarró del brazo.

—Me avergonzaste en el Punch Bowl delante de todo el mundo y mentiste sobre tu relación con Westmoreland. ¿Tu amigo? No te lo crees ni tú –le dijo, lanzando veneno por los ojos–. Y vas a pagar muy caro haberte reído de mí.

—Suéltame antes de que te parta la cara –le advirtió JoJo.

Walter la soltó inmediatamente y ella se alejó sin mirar atrás, intentando calmarse. Pero cuando entró en el salón donde tenía lugar la cena, vio a Stern dirigiéndose hacia ella.

—¿Pasa algo?

—No, no pasa nada.

—Lucia me ha dicho que un hombre te agarró del brazo cuando salías del lavabo y he pensado que debía ser Carmichael porque lo he visto antes por aquí. ¿Qué te ha dicho?

JoJo pensó en la amenaza de Carmichael, pero decidió callárselo. Aquel tipo era un idiota y lo último que quería era estropear la noche. Además, ella sabía cuidar de sí misma y ese bobo no le daba ningún miedo.

—Nada. Al menos, nada que merezca la pena repetir. Lo he mandado a paseo.

—Si se ha atrevido a tocarte…

—Ya me he encargado de él, Stern. No necesito que soluciones mis problemas.

Él la miró, en silencio, antes de decir:

—¿Se te ha ocurrido pensar que tus problemas son mis problemas?

JoJo se encogió de hombros.

—No, porque eso no es parte de una relación de amigos con derecho a roce.

—Entonces, tal vez tengamos que discutir qué incluye esa relación.

JoJo notó que estaba enfadado y no entendía por qué. ¿Echaría de menos su papel de donjuán? Ella creía que no era así, pero no podía dejar de preguntárselo, especialmente al ver cómo lo miraban las mujeres.

Debía admitir que le molestaba un poco la cantidad de mujeres que habían intentado coquetear con él esa noche. Algunas tan descaradamente que era ridículo. Se acercaban cuando ella estaba a su lado… tal vez pensando que seguían siendo solo amigos. Pero incluso cuando le pasó un brazo por la cintura en un gesto más íntimo y la presentó como su cita, la mayoría torcían el gesto, como diciendo: «Buena suerte intentando que no te deje plantada».

–JoJo, ¿me estás escuchando?

En realidad, no. Sabía que había dicho algo sobre discutir lo que incluía su relación…

–Si crees que tenemos que hablar, me parece bien. Pero cuando se trata de Walter Carmichael, puedo solucionarlo yo sola. No necesito que tú libres mis batallas.

Y después de decir eso, JoJo se dio la vuelta.

Stern tuvo que disimular su enfado el resto de la noche, pero se daba cuenta de que había cierta tensión porque JoJo apenas dijo una palabra mientras volvían a casa.

Y en cuanto la puerta se cerró tras ellos, supo que debían hablar.

–¿Qué te pasa, JoJo?

Ella lo miró, echando chispas por los ojos.

–No me pasa nada, aparte de que tienes algunas exnovias muy descaradas. Nunca he visto mujeres tan poco respetuosas.

Stern se había dado cuenta y sabía que lo habían hecho a propósito para molestarla.

—Espero que no dejes que eso te afecte. Yo no les he hecho ni caso.

—No, pero...

—¿Qué?

—Nada, déjalo.

—Te conozco bien y cuando dices «déjalo» es que pasa algo, así que vamos a hablar —Stern tomó su mano para llevarla al sofá y la sentó sobre sus rodillas—. Cuéntame qué te pasa.

—Siempre te han gustado mucho las mujeres, pero ahora tienes que conformarte conmigo. Imagino que echarás de menos tu estilo de vida.

Él la miró en silencio durante unos segundos. Tal vez era hora de contarle la verdad.

—Te quiero, JoJo.

—Claro que me quieres, ya lo sé. También yo te quiero a ti, por eso nos hemos aguantado durante todos estos años y...

Stern le puso una mano en la boca.

—Escúchame un momento: te quiero. Te quiero como un hombre quiere a una mujer.

JoJo lo miró con los ojos como platos, y habría caído al suelo si no la hubiera sujetado.

—No puedes quererme así.

—¿Por qué no?

—Porque es así como te quiero yo.

Stern se quedó sin habla unos segundos.

—¿Estás diciendo que me quieres como yo te quiero a ti?

JoJo se encogió de hombros.

—No lo sé. ¿Cómo me quieres tú?

—Te quiero y pienso en ti todo el tiempo, incluso cuando estoy trabajando. Huelo tu perfume cuando no estás, eres la primera persona en la que pienso cuando despierto por la mañana y la última en la que pienso antes de irme a dormir. Cuando nos acostamos juntos, siento que estamos haciendo el amor y cuando estoy dentro de ti… deseo sentirme consumido por ti. Pase lo que pase, siempre estaré a tu lado, incluso sabiendo que puedes cuidar de ti misma. Quererte hace que desee cuidar de ti.

Los ojos de JoJo se habían llenado de lágrimas.

—Nunca había oído una declaración de amor tan bonita —murmuró, tragando saliva—. ¿Cuándo lo has sabido?

—Si quieres que sea sincero, no lo sé. Puede que te haya amado desde siempre. Mi familia sospecha que es así, pero yo tuve que reconocerlo hace poco. Tu fascinación por Carmichael hizo que me diera cuenta de lo que significabas para mí.

Ella se mordió los labios.

—Mi interés por Walter era debido a ti. Pensé que lo necesitaba.

Stern enarcó una ceja.

—No lo entiendo. ¿Para qué lo necesitabas?

JoJo le echó los brazos al cuello.

—Para arrancarte de mi corazón. Noté que empezaba a sentirme atraída por ti cuando estuvimos en la cabaña, cazando. En realidad, era algo más que una atracción. Supe que me había enamorado de ti y me asusté porque nunca había sentido eso por un hombre… especialmente por ti, que eras mi mejor amigo. No podía enamorarme de mi mejor amigo, así que se me ocurrió lo que parecía un plan perfecto: encontrar a otro hombre del que enamorarme.

Stern esbozó una sonrisa.

—Me parece que no funciona así, JoJo.

—Ya me he dado cuenta.

—Entonces, ¿estás diciendo que todo esto con Carmichael era un plan que hiciste para olvidarte de mí?

—Algo así. Bueno, no para olvidarme de ti sino de la atracción que sentía por ti. Suena absurdo, ¿verdad?

—No más absurdo que lo que he hecho yo. Me negaba a reconocer la verdad: que estaba enamorado de ti, incluso cuando Zane me lo dejó bien claro. En la cabaña admitimos que nos sentíamos atraídos el uno por el otro, pero deberíamos haber dicho toda la verdad.

—Sí, es cierto, pero vamos a hacerlo ahora —asintió ella—. Te quiero, Stern. Te quiero como mi mejor amigo, mi amante y el hombre al que quiero para siempre en mi vida.

—Y yo te quiero a ti, Jovonnie Jones. Te quiero como mi amiga, mi amante y la mujer a la que quiero para siempre en mi vida.

—Ay, Stern —JoJo exhaló un suspiro—. Temía que descubrieras mis sentimientos por ti y perderte

145

para siempre. Y con todos tus hermanos y primos casándose, me preocupaba que te enamorases de otra mujer que no aceptase nuestra relación.

Él asintió con la cabeza.

—También a mí se me ocurrió cuando parecías obsesionada por Carmichael. Temía que se interpusiera entre nosotros y decidí que eso no podía pasar. Ojalá me hubiera sincerado antes sobre mis sentimientos, pero tal vez las cosas ocurren por una razón.

—¿Tú crees?

—No lo sé, pero ahora sabemos la verdad. Lo que necesito que entiendas es que querer a alguien significa que esa persona te importa por encima de todo. Que quieres consolarla, ser su protector cuando lo necesita. Sé que eres la mejor cazadora y que puedes defenderte de cualquier hombre, pero eso no anula mi deseo de protegerte. Y cuando quiera hacerlo, sígueme la corriente, ¿de acuerdo?

JoJo sonrió.

—De acuerdo.

Stern se inclinó hacia delante para buscar sus labios. La conexión entre ellos era diferente en aquella ocasión porque sabía lo que sentía y JoJo sabía lo que sentía él. Excitado, buscó su boca de nuevo en un beso más ansioso. Necesitaba hacerle el amor; era un deseo intenso, extremo, poderoso.

Se levantó del sofá con ella en brazos. Su destino era el dormitorio, pero solo pudo llegar a la escalera.

–No puedo seguir –murmuró, buscando sus labios de nuevo.

Buscó la cremallera del vestido y tiró de ella ansiosamente para quitárselo. Stern se interrumpió al ver lo que llevaba bajo el vestido: una liga blanca de encaje con tanga a juego. Nunca en toda su vida había visto nada tan sexy.

–Muy bonito –murmuró, casi sin voz.

–Les diré a tus primas y cuñadas cuánto te ha gustado. Fue idea suya que lo comprase.

–Entonces, tienes que ir de compras con ellas más a menudo. Aunque voy a quitártelo ahora mismo.

–Creo que esa es la idea.

Stern la desnudó en unos segundos y JoJo hizo lo propio, empezando por la chaqueta del esmoquin.

–Ahora estamos en paz.

–Si eso te hace feliz… –dijo él, apretando su espalda contra la pared–. Me encantas.

–Tú a mí también.

Dicho eso, Stern le abrió las piernas con una rodilla antes de deslizarse dentro de ella, tan profundamente como era posible. Era tan estrecha, tan maravillosa…

JoJo envolvió las piernas en su cintura mientras se movía, empujando, llenándola, apartándose para llenarla de nuevo una y otra vez. Su aroma lo estimulaba, la suavidad de su piel lo excitaba como nunca y sus gemidos hacían que la deseara aún más.

Intentó ir despacio para que durase más, pero cuando ella contrajo sus músculos internos estuvo a punto de perder la cabeza. Estaba muy cerca, pero se negaba a terminar antes que JoJo.

Cuando inclinó la cabeza para chuparle uno de los pezones, ella le clavó los talones en la espalda, las uñas en los hombros. Pero lo único que podía sentir era el éxtasis de estar dentro de ella.

JoJo gritó su nombre y Stern levantó la cabeza para buscar sus labios. Y allí se quedó, incluso mientras sentía los espasmos de un fiero orgasmo.

Sentía algo más que amor por ella, la adoraba. Siempre la adoraría y siempre estaría a su lado.

Por fin, se apartó para tomarla en brazos.

—Creo que esto era lo que íbamos a hacer antes de que nos distrajésemos por el camino —bromeó, mientras subía por la escalera.

—Distraerse puede estar muy bien —susurró ella.

Cuando llegaron al dormitorio, cayeron juntos sobre la cama con la intención de hacer de aquella una noche que ninguno de los dos olvidase nunca.

Capítulo Nueve

JoJo miró su reloj mientras se levantaba para servirse un café. Eran casi las diez. Hacía mucho tiempo que no trabajaba hasta tan tarde en el taller, pero estaban a final de mes y tenía que terminar un montón de informes.

Wanda se había quedado hasta las siete, pero tenía una cita con su exmarido para cenar, de modo que estaba sola.

JoJo tomó un sorbo de café. No era tan bueno como el que hacía Stern, pero tendría que servir. No podía dejar de sonreír al pensar en su amigo convertido en amante. Después de jurarse amor eterno la semana anterior, el mundo le parecía un sitio maravilloso, pero habían decidido no contar nada hasta que Riley y Alpha se hubieran casado.

En cuanto volvió a sentarse frente al escritorio le sonó su móvil y sonrió al ver que era Stern. Canyon y él se habían ido unos días antes a Miami para firmar un contrato y no volverían hasta el día siguiente.

—Hola, cariño.

—Hola, preciosa.

—No me llamarías preciosa si me vieras ahora mismo. Sigo en el taller.

–¿Tan tarde?

–Tengo que terminar un montón de informes para contentar al gobierno, pero te echo de menos.

–Yo también, pero voy a darte una sorpresa.

–¿Qué sorpresa?

–Canyon y yo hemos decidido volver a casa antes de lo previsto.

–¿Cuándo?

Stern soltó una carcajada.

–Esta noche. Nuestro avión acaba de aterrizar.

–¿Estás en Denver? –exclamó JoJo, incapaz de contener su alegría.

–Acabo de llegar. Canyon ha ido a buscar el coche e iba a pedirle que me llevase a tu casa, pero si sigues en el taller…

Ella ya estaba guardando los papeles en el cajón.

–Me voy ahora mismo para allá.

–No quiero interrumpir tu trabajo.

–Terminaré los informes mañana… –JoJo escuchó un ruido al otro lado de la puerta–. Stern, creo que he oído algo –murmuró, levantándose de la silla.

–¡Espera! ¿Estás sola?

–Sí.

–Entonces, llama a la policía.

Ella puso los ojos en blanco.

–Por favor, yo puedo solucionarlo…

–Sé que puedes, pero hazlo por mí. Canyon acaba de llegar con el coche y vamos para allá. Llegaremos en diez minutos.

JoJo dejó escapar un suspiro.

—Cierra con llave y espérame.

JoJo iba a hacerlo cuando la puerta se abrió de golpe.

—¡Walter!

Stern sintió que se le helaba la sangre en las venas cuando la comunicación se cortó.

—¿JoJo? ¿Qué ocurre? ¿Sigues ahí?

Al no recibir respuesta, marcó el número de emergencias y una operadora respondió inmediatamente.

Canyon, que estaba al volante, pisó el acelerador para tomar la autopista.

—Espero llegar al taller antes de que JoJo destroce a ese hombre. Evidentemente, ese tipo no sabe con quién se las gasta.

Stern apretó los labios, furioso.

—Eso está claro.

—Quítame tus sucias manos de encima, Walter.

—No pienso hacerlo. Tiene mucha gracia que tú me digas eso, grasienta amiga mía.

JoJo intentó controlar su furia porque si no se contenía le rompería todos los huesos del cuerpo. Aún podía hacerlo si no la soltaba de inmediato. Walter se había lanzado sobre ella, empujándola contra el escritorio y enviando el móvil al suelo...

¿Habría oído algo Stern? ¿Estaría llamando a la policía?

—¿Qué haces aquí, Walter? ¿Qué quieres?

–Te advertí que te haría pagar por haberte reído de mí. Me debes una noche y vas a pagármela, aunque sea a la fuerza.

–¿Estás dispuesto a arriesgar tu reputación, tu trabajo…?

–Mi padre se encargará de todo como hizo con las otras.

Ella tragó saliva.

–¿Qué otras?

–Otras mujeres que intentaron presentar cargos contra mí, como si no hubieran disfrutado conmigo. Pero mi padre demostró que tenían un precio, como lo tienes tú. Él te pagará, no te preocupes. Siempre lo hace para que no nos molesten –Walter cometió el error de empujarla antes de gritar–. ¡Quítate la ropa!

JoJo empezaba a ponerse furiosa de verdad.

–¿Que me quite la ropa para ti? –repitió, incrédula–. Tú no sabes lo que dices.

–No importa. Te la quitaré yo mismo.

JoJo vio que no llevaba ningún arma. Aparentemente, había pensado que podría con ella solo con las manos desnudas.

–¡Para ahora mismo! –le advirtió–. No quiero hacerte daño.

Él soltó una carcajada.

–No puedes hacerme daño, pero yo sí pienso hacerte daño a ti.

Canyon, Stern y el coche patrulla llegaron al taller al mismo tiempo y, casualmente, uno de los agentes era Pete Higgins, el mejor amigo de Derringer. Salieron de los coches a toda velocidad y estaban entrando en el edificio cuando escucharon un alarido... masculino.

Canyon miró a Stern con una sonrisa.

—Parece que llegamos demasiado tarde.

—Ese canalla va a recibir su merecido —dijo él.

Los agentes entraron en el taller pistola en mano e ignorando la orden de que se quedasen atrás, Canyon y Stern entraron tras ellos.

La puerta de la oficina estaba abierta, y Walter Carmichael estaba en el suelo, sujetándose la entrepierna y sollozando como un niño.

JoJo, que estaba tranquilamente sentada tras su escritorio, guardando informes en el cajón, levantó la mirada y esbozó una sonrisa al ver a Stern.

—Ah, hola. Qué rápido habéis llegado.

Los agentes le tomaron declaración y Walter tuvo que ser llevado al hospital.

—Estoy intentando entender cómo pudo desconectar Carmichael la alarma —dijo el policía.

—Sobornando a un empleado del taller —respondió JoJo—. Walter me contó que le había dado dinero a uno de los chicos nuevos para que le contase cuándo me quedaba sola aquí. Y le pagó un extra para que cortase el cable de la alarma.

Epílogo

Unidos de la mano, Stern y JoJo se sentaron en la abarrotada iglesia para ver cómo Riley y Alpha se convertían en marido y mujer. Estaba siendo una boda de cuento de hadas. El novio estaba muy apuesto con su esmoquin y la novia era preciosa.

JoJo había despertado sola en la cama esa mañana y había encontrado a Stern en el patio, mirando el cielo y tomando una taza de café.

Él se volvió al escuchar sus pasos, con una sonrisa en los labios.

—¿Estás bien? —le preguntó JoJo, atándose el cinturón del albornoz.

Era el último fin de semana de septiembre y empezaba a hacer frío.

—Sí, muy bien. Estaba pensando que los Westmoreland somos muy afortunados, especialmente los hombres.

—¿Por qué?

—Porque han tenido suerte de encontrar mujeres que los complementan y a las que amarán para siempre. Yo veía lo felices que eran mis hermanos con sus familias, pero nunca se me había ocurrido buscar una mujer que compartiese esa misma felicidad conmigo. Y ahora sé por qué.

JoJo lo miró a los ojos.

—¿Por qué?

—Porque tenía a esa mujer a mi lado todo el tiempo. Tú eras mi mejor amiga y la mujer destinada a ser parte de mi vida para siempre. Mi alma gemela, mi mujer… la madre de mis hijos.

Los ojos de JoJo se llenaron de lágrimas.

—Te quiero con todo mi corazón. Quiero que compartas mi apellido y estar contigo para siempre. ¿Quieres casarte conmigo, JoJo?

Ella sonrió, entre lágrimas.

—¡Sí! ¡Claro que me casaré contigo!

Los aplausos interrumpieron los pensamientos de JoJo, devolviéndola al presente. El sacerdote acababa de presentar a Riley y Alpha como marido y mujer y todos se habían levantado para aplaudir. Riley tomó a su flamante esposa del brazo para salir de la iglesia y los invitados fueron detrás.

Sin soltarle la mano, Stern la llevó fuera para reunirse con Canyon y su mujer, Keisha, y su hijo Beau, que estaban con Zane y su prometida, Channing. Zane y Channing iban a casarse en Navidades, de modo que la siguiente boda de un Westmoreland tendría lugar en unos meses.

Stern se inclinó para darle un beso en la mejilla.

—¿Y eso? –preguntó ella.

—Por ser tú.

—Ah –JoJo se puso de puntillas para devolverle el favor.

—¿Y eso? –preguntó Stern.

Ella esbozó una brillante sonrisa.

–Por no verme solo por fuera y apreciarme por dentro también.

–Y me gusta mucho cuando estoy dentro –le susurró él, travieso.

JoJo sintió que le ardía la cara.

–Ven –dijo Stern, tirando de su mano–. Vamos a hablar con mis primos de Atlanta. Mira, Dillon está charlando con Thorn.

–¿Quién es la chica que está con Thorn y su mujer?

–Es la hermana de Tara. Creo que quiere mudarse a Denver y han decidido presentárnosla para que se vaya familiarizando.

Mientras se dirigían al grupo, JoJo pensó en Walter Carmichael. El juez se negó a dejarlo salir en libertad bajo fianza. Ni siquiera el dinero de su padre había servido en aquella ocasión. Maceo Armstrong, el empleado traidor, había confesado su delito y también que él era el culpable de los repuestos que faltaban.

Antes de que llegasen al grupo, Stern se detuvo y la tomó entre sus brazos.

–Eres preciosa y te quiero con toda mi alma –le dijo, antes de besarla.

Ella rio, feliz.

–Yo también te quiero a ti.

Stern se inclinó para decirle al oído:

–Tengo planes para más tarde.

JoJo sonrió, mirando al hombre al que amaba con todo su corazón.

–También yo tengo planes para ti, cariño.

Deseo

EMILY McKAY

SU ÚNICO DESEO

Tras haber dedicado toda su vida a la compañía familiar, Dalton Cain no pensaba dejar que su padre regalase su fortuna al Estado. Tendría el legado que le correspondía y Laney Fortino podía ayudarlo, pero no sería fácil que volviese a confiar en él, porque seguía considerándolo un arrogante insoportable.

SU MAYOR AMBICIÓN

Noche tras noche, los pecaminosos juegos de Griffin Cain convirtieron a la seria y conservadora Sydney Edwards en una mujer voluptuosa, pero todo eso terminó cuando Griffin pasó a ser su jefe.

Ella siguió ayudándolo en la sala de juntas... aunque Griffin en realidad la quería en su cama.

Acepte 2 de nuestras mejores novelas de amor GRATIS

¡Y reciba un regalo sorpresa!

Oferta especial de tiempo limitado

Rellene el cupón y envíelo a
Harlequin Reader Service®
3010 Walden Ave.
P.O. Box 1867
Buffalo, N.Y. 14240-1867

¡Sí! Por favor, envíenme 2 novelas de amor de Harlequin (1 Bianca® y 1 Deseo®) gratis, más el regalo sorpresa. Luego remítanme 4 novelas nuevas todos los meses, las cuales recibiré mucho antes de que aparezcan en librerías, y factúrenme al bajo precio de $3,24 cada una, más $0,25 por envío e impuesto de ventas, si corresponde*. Este es el precio total, y es un ahorro de casi el 20% sobre el precio de portada. ¡Una oferta excelente! Entiendo que el hecho de aceptar estos libros y el regalo no me obliga en forma alguna a la compra de libros adicionales. Y también que puedo devolver cualquier envío y cancelar en cualquier momento. Aún si decido no comprar ningún otro libro de Harlequin, los 2 libros gratis y el regalo sorpresa son míos para siempre.

416 LBN DU7N

Nombre y apellido	(Por favor, letra de molde)	
Dirección	Apartamento No.	
Ciudad	Estado	Zona postal

Esta oferta se limita a un pedido por hogar y no está disponible para los subscriptores actuales de Deseo® y Bianca®.
*Los términos y precios quedan sujetos a cambios sin aviso previo.
Impuestos de ventas aplican en N.Y.

SPN-03   ©2003 Harlequin Enterprises Limited

FELICES OTRA VEZ

BEVERLY BARTON

Trent Winston había pasado años tratando de olvidar a la única mujer que había amado y la tragedia que los había separado. Pero ahora ella había regresado a la ciudad para despertar viejos recuerdos e inquietantes deseos... y para pedirle que la ayudara a encontrar al niño que él había creído perdido para siempre.

Kate Malone era ahora una mujer muy diferente, fuerte e independiente, pero no había perdido aquella inocente sensualidad que él recordaba tan bien.

Cuanto más tiempo pasaba con ella,
más deseaba volver a hacerla suya

● **[9]**

¡YA EN TU PUNTO DE VENTA!